（明）袁了凡 著

黄智海 译

中国长安出版传媒有限公司

图书在版编目（CIP）数据

了凡四训 /（明）袁了凡著；黄智海译. -- 北京：中国长安出版传媒有限公司, 2025.1. -- ISBN 978-7-5107-1136-7

Ⅰ. B823.1

中国国家版本馆 CIP 数据核字第 2024NB3759 号

了凡四训

（明）袁了凡 著　黄智海 译

出版发行	中国长安出版传媒有限公司
社　　址	北京市东城区北池子大街 14 号（100006）
邮　　箱	capress@163.com
责任编辑	刘英雪
策　　划	黄　利　万　夏
营销支持	曹莉丽
特约编辑	高　翔
装帧设计	紫图图书 ZITO
发行电话	（010）66529988 - 1321
印　　刷	艺堂印刷（天津）有限公司
开　　本	889 mm×1194 mm　32 开
印　　张	7.5
字　　数	114 千字
版　　次	2025 年 1 月第 1 版
印　　次	2025 年 1 月第 1 次印刷
书　　号	ISBN 978-7-5107-1136-7
定　　价	55.00 元

一息尚存,弥天之恶,犹可悔改;古人有一生作恶,临死悔悟,发一善念,遂得善终者。谓一念猛厉,足以涤百年之恶也。譬如千年幽谷,一灯才照,则千年之暗俱除。

人之有志,如树之有根。
立定此志,须念念谦虚,
尘尘方便,自然感动天地,而造福由我。

务要日日知非，日日改过；一日不知非，即一日安于自是；一日无过可改，即一日无步可进。

从前种种，譬如昨日死；
从后种种，譬如今日生：
此义理再生之身也。

目录

序

印光法师序

袁了凡居士传

第一篇　立命之学　　一

第二篇　改过之法　　四三

第三篇　积善之方　　六七

第四篇　谦德之效　　一四五

序
Preface

  文有悬笔①立就、倾泻而出，又复至精至妙者，韩文公②《祭十二郎文》③是也。文有久已脱稿④、日改月更、千锤百炼，至数十年而始为定本者，欧阳文忠公⑤《泷冈阡表》⑥是也。

  袁了凡先生以韩欧之笔，具韩范之才，将其生平所得，著此四训。以数十年修身治性，日新月盛之阅历体验，又加数十年字锻句炼之润饰，故其文精深而博大，其理中正而精微。

  《改过》《积善》两篇，是正文，《改过之法》，发挥诸恶莫作;《积善之方》，细讲众善奉行;《立命之学》，是现身说法。

  一篇大文，惟谦者肯反躬内省⑦，惟反己能自讼⑧其过，惟自讼庶改过不吝，惟改过斯善事真切，惟善真，然后可以立命。

  故首从"奉母命，弃举业⑨习医""既信孔公数，淡然无求""后听云谷教，转移定数"叙起。此三段，公之所谓"谦则受教有地也"。夫以鹤立鸡群之俊秀，肯弃青紫⑩如敝屣⑪，不独其品之高，而其孝亦可知矣。

  袁母命子语，宛如《泷冈阡表》"我不能教汝，此汝父之志也"一段语，表太夫人之贤，于此亦可见矣。

公之信孔公数，非漫信之，必待试其数，纤悉皆验，然后深信不疑，而遂起读书之念，何等谨慎！孔公起数，必待其考校名数皆合，然后再卜终身，使他由目前之不爽⑫，以坚其久远日后之信，何等稳重！

云谷教了凡改过曰："将向来之相，尽情改刷，从前习气如死却，从后日新如重生。"在公听之已了了，而岂常人所能领会？故于《改过之法》一篇中，反覆痛切言之，传耻、畏、勇三个方法，讲事、理、心三层难易。又恐人自谓无过可改，再将蘧伯玉⑬改过一段，以证"人必有过，自不察耳"。

云谷教了凡积善曰："要从无思无虑处感格⑭""毋将迎""毋觊觎"数语，在了凡已尽得其旨矣。仍恐人不穷理⑮，自谓行持，岂知造孽？故于《积善之方》篇，细论深辩之。文分三大段，每段十小股。首叙往事十条，以证因果不爽，为后人之效法；次论精理十六层，以防冒昧承当之错误，终标十大纲，以统领乎万德。

公自叙行持⑯，由勉强以臻自然。首誓三千善，历十余年而始克告竣。次许三千，只四年而已满。复许万善，止三年而以一事圆之。可见初行似不胜其难，行之既熟，自有得心应手之乐，人亦何惮而不为哉？

自"孔公算余"至"世俗之论矣"一段。先将立命一结，"汝之命"承上文，起下六想、六思、改过三小段余波。文虽余尾，而言则愈紧，意则愈切，六退想，就宿命上教之谦德。

此文以谦始,以谦终,而未明提一"谦"字。故以谦德之效为终篇。上半篇写丁、冯、赵、夏四君谦德,读之如见其人。下半叙"畏岩不逊,遇道者改过"一段,是一篇小立命,道者宛然一云谷,畏岩何幸遇之?

云谷摄淡然无求自谦之了凡易,道者折有求自满之畏岩难,觑[17]得准,打得重,责其心气不平,文安得工?直探骊珠[18],使其不得不服。既服,而请教焉,教之转变,积善立命,彷佛云谷与了凡语。

呜呼!茫茫天下,何处得逢宗匠如云谷、道者两人乎。即或遇之,亦要受得起这般辣手[19],庶不负善知识[20]一片善心也,敢不勉哉。"内思闲己之邪",顺接"日日知非"一段,以起下《改过之法》一篇文字,赞叹云谷,归结立命本题。

故四训不独为千古名言,亦千古妙文也。此略言其段落耳,至于言外之旨,字中之意,非言可尽,细读之自会。

❋ 注释

① 悬笔:悬肘运笔。
② 韩文公:韩愈,字退之,自称"郡望昌黎",世称"韩昌黎""昌黎先生",谥号"文",故称"韩文公"。唐代中期官员,文学家、思想家、哲学家。
③ 《祭十二郎文》:韩愈为侄子十二郎所写的祭文。韩愈幼年丧父,由兄嫂抚养成人,与侄子十二郎自幼相守,历经患难,感情特别深厚。

④ 脱稿：著作完成。
⑤ 欧阳文忠公：欧阳修，字永叔，号醉翁，晚号六一居士，谥号"文忠"，故世称"欧阳文忠公"。北宋政治家、文学家。
⑥ 《泷冈阡表》：欧阳修在父亲死后六十年所作的墓表，盛赞父亲的孝顺与仁厚、母亲的俭约与安于贫贱。被誉为中国古代三大祭文之一。
⑦ 反躬内省：回过头来检查自身的过失。内省，内心自我审查，自我反省。
⑧ 自讼：自己责备自己。
⑨ 举业：为科举考试而准备的诗文、学业、课业、文字等。
⑩ 青紫：古代高官印绶、服饰的颜色，比喻高官显爵。
⑪ 敝履：破旧的鞋，比喻没有价值的东西。
⑫ 不爽：不差，没有差错。
⑬ 蘧伯玉：蘧瑗，字伯玉，春秋时期卫国大臣，相传他"年五十而知四十九年非"，是一个善于改过的人。
⑭ 感格：感应。
⑮ 穷理：深究事物的道理。
⑯ 行持：勤修行，持守佛法戒律。
⑰ 觑：看、瞧。
⑱ 骊珠：宝珠，比喻珍贵的人或物。
⑲ 辣手：手段非常厉害。
⑳ 善知识：佛教称能引发他人向上、增善去恶乃至证悟成佛的人。

印光法师序

Preface

圣贤之道,唯诚与明。圣狂之分,在乎一念。圣罔念则作狂,狂克念则作圣。其操纵得失之象,喻如逆水行舟,不进则退。不可不勉力操持,而稍生纵任也。须知诚之一字,乃圣凡同具,一如不二①之真心。明之一字,乃存养②省察③,从凡至圣之达道。然在凡夫地,日用之间,万境交集。一不觉察,难免种种违理情想,瞥尔④而生。此想既生,则真心遂受锢蔽,而凡所作为,咸失其中正⑤矣。若不加一番切实功夫,克除净尽,则愈趋愈下,莫知底极。徒具作圣之心,永沦下愚之队,可不哀哉。

然作圣不难,在自明其明德。欲明其明德,须从格物致知下手。倘人欲之物,不能极力格除,则本有真知,决难彻底显现。欲令真知显现,当于日用云为⑥,常起觉照,不使一切违理情想,暂萌于心。常使其心,虚明洞彻,如镜当台,随境映现。但照前镜,不随境转,妍媸⑦自彼,于我何干?来不豫计,去不留恋。若或违理情想,稍有萌动,即当严以攻治,剿除令尽。如与贼军对敌,不但不使侵我封疆,尚须斩将搴⑧旗,剿灭余党。其制军之法，必须严以自治，毋怠毋荒。克己复礼，主敬存诚，其器仗须用颜子之四勿⑨，曾子之三省⑩，蘧伯玉之寡过知非。加以战战兢兢，如临深渊，如履薄冰，与之相对，则军威远振，贼党寒心，惧罹⑪灭种之极戮，冀沾安抚之洪恩。从兹相率投降，归顺至化，尽革先心，聿修厥德⑫。将不出户，兵不血刃。举寇仇皆为赤子，即叛逆悉作良民。上行下效，率土清宁，不动干戈，坐致太平矣。

如上所说，则由格物而致知，由致知而克明明德。诚明一致，即凡成圣矣。其或根器⑬陋劣，未能收效。当效赵阅道⑭。日之所为，夜必焚香告帝，不敢告者，即不敢为。

袁了凡诸恶莫作，众善奉行，命自我立，福自我求，俾⑮造物不能独擅其权。受持功过格⑯，凡举心动念，及所言所行，善恶纤悉皆记，以期善日增而恶日减。初则善恶参杂，久则唯善无恶，故能转无福为有福，转不寿为长寿，转无子孙为多子孙。现生优入圣贤之域，报尽高登极乐之乡。行为世则，言为世法。彼既丈夫我亦尔，何可自轻而退屈。

或问，格物乃穷尽天下事物之理，致知乃推极吾之知识，必使一一晓了也。何得以人欲为物，真知为知，克治显现为格致乎？

答曰，诚与明德。皆约自心之本体而言。名虽有二，体本唯一也。知与意心，兼约自心之体用而言，实则即三而一也。格、致、诚、正、明五者，皆约闲邪⑰存诚、返妄归真而言。

其检点省察造诣工夫,明为总纲,格致诚正乃别目耳。修身正心诚意致知,皆所以明明德也。倘自心本有之真知为物欲所蔽,则意不诚而心不正矣。若能格而除之,则是"慧风扫荡障云尽,心月孤圆朗中天"矣。此圣人示人从泛至切、从疏至亲之决定次序也。若穷尽天下事物之理,俾吾心知识悉皆明了,方能诚意者,则唯博览群书遍游天下之人,方能诚意正心以明其明德。未能博览阅历者,纵有纯厚天资,于诚意正心皆无其分,况其下焉者哉。有是理乎?

然不深穷理之士,与无知无识之人,若闻理性,多皆高推圣境,自处凡愚,不肯奋发勉励,遵循从事。若告以过去、现在、未来三世因果,或善或恶,各有其报,则必畏恶果而断恶因,修善因而冀善果。善恶不出身、口、意三,既知因果,自可防护身口,洗心涤虑。虽在暗室屋漏⑱之中,常如面对帝天,不敢稍萌匪鄙之心⑲,以自干罪戾也已。此大觉世尊普令一切上、中、下根,致知、诚意、正心、修身之大法也。然狂者畏其拘束,谓为著相⑳。愚者防己愧怍㉑,谓为渺茫。除此二种人,有谁不信受。故梦东云:"善谈心性者,必不弃离于因果;而深信因果者,终必大明夫心性。"此理势所必然也。须知从凡夫地乃至圆证佛果,悉不出因果之外。有不信因果者,皆自弃其善因善果,而常造恶因,常受恶果,经尘点劫,轮转恶道,末由出离之流也。哀哉!

圣贤千言万语,无非欲人返省克念,俾吾心本具之明德,不致埋没，亲得受用耳。但人由不知因果，每每肆意纵情，纵毕生读之，亦止学其词章，不以希圣希贤为事，因兹当面错过。袁了凡先生训子四篇，文理俱畅，豁人心目，读之自有欣欣向荣、亟欲取法之势，洵[22]淑世良谟[23]也。永嘉周群铮居士，发愿流通，祈予为序。因撮取圣贤克己复礼、闲邪存诚之意，以塞其责云。

✳ 注释

① 不二：没有两样，一致的，相同的。

② 存养：存心养性。

③ 省察：检查自己的思想行为。

④ 瞥尔：突然，迅速地。

⑤ 中正：不偏不倚。

⑥ 云为：言论行为。

⑦ 妍媸：美好与丑恶。

⑧ 搴（qiān）：拔取。

⑨ 颜子之四勿：颜渊克己复礼的四种方式。具体指非礼勿视，非礼勿听，非礼勿言，非礼勿动。

⑩ 曾子之三省：曾子反省自身的方式，出自《论语·学而》，原文："吾日三省吾身：为人谋而不忠乎？与朋友交而不信乎？传不习乎？"

⑪ 罹：遭受，遭遇。

⑫ 聿修厥德：修好个人道德。聿，语气词；厥德，修养，品行。出自《诗经·大雅·文王》："无念尔祖，聿修厥德。"

⑬ 根器：佛教用词，指先天所具有的接受佛教的可能性。根，指先天的品行；器，比喻能接受佛教的容量。

⑭ 赵阅道：赵抃，字阅道，自号知非子，北宋时期名臣，善于自省，《宋史》记载他"日所为事，入夜必衣冠露香以告于天，不可告，则不敢为也"。

⑮ 俾：使。

⑯ 功过格：用分数来表现行为善恶程度、使行善戒恶得到具体指导的一类善书。书中列功格（善行）和过格（恶行）两项，用正负数字标示，奉行者每夜自省，将行为对照相关项目，给当日的善行打上正分，恶行打上负分，只记其数，不记其事，分别记入功格或过格。

⑰ 闲邪：防止邪恶。

⑱ 暗室屋漏：指隐私之室，别人看不见的地方。

⑲ 匪鄙之心：不正确的、卑鄙的想法。

⑳ 著相：佛教语，指执着于外相、虚相或个体意识而偏离了本质。

㉑ 愧怍：惭愧，羞愧。

㉒ 洵：确实，实在。

㉓ 谟：策略，规划。

袁了凡居士传

Preface

（清）彭绍升

　　袁了凡先生，名黄，字坤仪，江南吴江人。了凡之先祖，赘嘉善殳氏，遂补嘉善县学生。隆庆四年，举于乡。万历十四年，成进士，授宝坻知县。后七年擢兵部职方司主事。

　　会朝鲜被倭难，来乞师，经略宋应昌奏了凡军前赞画兼督朝鲜兵。提督李如松以封贡绐倭，倭信之，不设备，如松遂袭，破倭于平壤。了凡面折如松，不应行诡道，亏损国体，而如松麾下又杀平民为首功，了凡争之强。如松怒，独引兵而东。倭袭了凡，了凡击却之，而如松军果败。思脱罪，更以十罪劾了凡。而了凡旋以拾遗被议，罢职归。

　　居常善行益切，年七十四终。熹宗朝，追叙征倭功，赠尚宝，司少卿。

了凡自为诸生,好学问,通古今之务,象纬律算兵政河渠之说,靡不晓练。其在宝坻,孜孜求利民。县数被潦,了凡乃浚三坌河,筑隄以御之。又令民沿海岸植柳,海水挟沙上,遇柳而淤,久之成隄。治沟塍,课耕种,旷土日辟。省诸徭役以便民家。

不富而好施。居常诵持经咒,习禅观,日有课程。公私遽冗,未尝暂辍。著《戒子文》四篇行于世。

夫人贤,常助之施,亦自记功行。不能书,以鹅翎茎渍硃,逐日标历本。或见了凡立功少,辄颦蹙。尝为子制冬袄,将买花絮。了凡曰:"丝绵轻暖,家中自有,何必买絮!"夫人曰:"丝贵花贱,我欲以贵易贱,多制絮衣,以衣冻者耳。"了凡喜曰:"若如是,不患此子无禄矣!"子俨后亦成进士,终高要知县。

余童年丧父，老母命弃举业①学医，谓可以养生②，可以济③人，且习一艺以成名，尔父夙心④也。

※ 注释

① 举业：指科举考试。
② 养生：养活自己及家庭，获得生活保障。
③ 济：救济。
④ 夙（sù）心：平素的心愿。

❖ 译文

我童年时，父亲便去世了，母亲让我放弃科举考试去学医，说学医可以养活自己及家人，有生活保障，也可以用医术来救济他人，而且学得一门手艺并以此成名，也是父亲平素的心愿。

后余在慈云寺，遇一老者，修髯①伟貌，飘飘若仙，余敬礼之。语余曰："子仕路②中人也，明年即进学③，何不读书？"余告以故，并叩老者姓氏里居。曰："吾姓孔，云南人也。得邵子④皇极数⑤正传，数该传汝。"

余引之归，告母。母曰："善待之。"试其数，纤悉⑥皆验。余遂启读书之念，谋之表兄沈称，言："郁海谷先生，在沈友夫家开馆⑦，我送汝寄学⑧甚便。"余遂礼郁为师。

※ 注释

① 修髯：长须。髯，两腮的胡子，也泛指胡须。

② 仕路：仕途。

③ 进学：在明清两代指童生考取生员，进入府、县学读书。凡是通过了县试、府试两场考核的学子，即被称为童生；进学的童生则被称为秀才。

④ 邵子：邵雍，字尧夫，谥号康节，自号安乐先生、伊川翁，后人称百源先生，北宋哲学家、易学家，有内圣外王之誉，著有《先天图》《伊川击壤集》《皇极经世书》等。

⑤ 皇极数：出自《皇极经世书》，该书是一部运用易理和易教推究宇宙起源、自然演化和社会历史变迁的著作，全书共十二卷。此指其中所包含的象数推理法则。

⑥ 纤悉：细致而详尽。

⑦ 开馆：指先生开设学馆教授学生。
⑧ 寄学：寄宿求学。

❖ 译文

　　后来，我在慈云寺遇到一位老人，他长须飘飘，身躯伟岸，相貌堂堂，看起来就像神仙一样，我非常尊敬他，并以礼相待。他对我说："我看你是仕途中人，若参加科举考试，明年就能考中秀才，为什么不去读书呢？"我把原因告诉了老人，并且询问他的姓名和籍贯。他回答说："我姓孔，是云南人。我得到了邵雍先生《皇极经世书》的真传，按照命数，我应该把它传给你。"

　　我把他请回家，将这件事告诉了母亲。母亲说："你要好好对待他。"其间，我多次请孔先生替我推算，结果哪怕是非常细微的事都得到了验证。于是我又动了读书的念头，与表兄沈称商量，表兄说："郁海谷先生在沈友夫家中开设学馆授学，我送你去那里寄宿读书也很方便。"于是我便拜了郁海谷先生为师。

孔为余起数①：县考童生，当十四名；府考七十一名，提学②考第九名。明年赴考，三处名数皆合。复为卜终身休咎③，言：某年考④第几名，某年当补廪⑤，某年当贡⑥，贡后某年，当选四川一大尹⑦，在任三年半，即宜告归⑧。五十三岁八月十四日丑时⑨，当终于正寝，惜无子。余备⑩录而谨记之。

※ 注释

①　起数：占卜时的起始术语，也叫"起课"。
②　提学："提督学政"的简称，专门负责文化教育的最高行政官。

③ 休咎：凶吉，善恶。
④ 年考：即岁考，明清两代由各省提学官主持，主要针对在校生员的黜陟考试。根据成绩分为六等，成绩优异者予以奖励，成绩不佳者则受到惩罚或降级。
⑤ 补廪：明清对生员的奖励方式。在明清科举制度中，生员需要通过岁试和科试两次考试，成绩优异者可以被补入廪生的名额，这一过程被称为"补廪"。
⑥ 贡：指贡生。在科举制度下，府、州、县生员（秀才）中成绩或资格优异者，会被选拔升入国子监读书，称为"贡生"。
⑦ 大尹：对府县行政长官的称呼。
⑧ 告归：旧时官吏告老回乡或请假回家。
⑨ 丑时：半夜一点到三点。
⑩ 备：详细的，完全的。

❈ 译文

孔先生为我推算命数：在县里参加童生考试，最终会考第十四名；府考，第七十一名；提学考，第九名。我第二年去参加考试，这三次的名次与推算结果完全相同。孔先生又为我占卜一生的凶吉，他说，我在某年的年考中会考取第几名，某年会补为廪生，某年成为贡生，成为贡生后的某一年会被选为四川省某县的知县，在任三年半，就应该辞官回乡；我在五十三岁那年的八月十四日丑时就会寿终正寝，可惜命中无子。我把这些话都记录下来，并且牢牢记在心中。

自此以后，凡遇考校，其名数先后，皆不出孔公所悬定①者。独算余食廪米②九十一石五斗当出贡③，及食米七十余石，屠宗师④即批准补贡，余窃疑之。

后果为署印⑤杨公所驳，直至丁卯年⑥，殷秋溟⑦宗师见余场中备卷，叹曰："五策⑧，即五篇奏议也，岂可使博洽淹贯⑨之儒，老于窗下乎！"遂依县申文⑩准贡，连前食米计之，实九十一石五斗也。余因此益信进退有命，迟速有时，澹然⑪无求矣。

※ 注释

① 悬定：预定，预测。
② 廪米：指官府按月发给在学生员的粮食。
③ 出贡：秀才一经成为贡生，就不再受儒学管教，俗称出贡。
④ 宗师：明清时期提学官的俗称，廪生补贡生由其负责。
⑤ 署印：代理官职。旧时官印最重要，同于官位，故名。
⑥ 丁卯年：公元1567年。
⑦ 殷秋溟：名殷迈，字时训，号秋溟，南京人。嘉靖二十年（1541）中进士，曾任户部主事，后担任江西参政和南京太常寺卿。万历初年，升任南京礼部右侍郎，并主管国子监祭酒事务。

⑧ 策：科举考试的一种文体，多就政治和经济问题发问，应试者对答。
⑨ 博洽淹贯：形容知识广博，学问深通。博洽，学识广博；淹贯，深通广晓。
⑩ 申文：行文呈报。
⑪ 澹然：宁静淡泊的样子。

译文

自此以后，每次遇到考试，所考的名次都不曾与孔先生的预测结果有出入。有一件事与卜算有出入，先生预测我做廪生时，领取九十一石五斗的米粮后就能出贡；但等我领了七十多石米粮后，屠宗师就批准我补了贡生，因为这件事我在私下里怀疑起了卜算的结果。

后来果然被代理提学的杨先生驳回，直到丁卯年，殷秋溟宗师看到我在考场中所作文章的备卷，感叹道："这五篇策论，就是给朝廷的五篇奏议啊，怎么能让知识广博、学问深通的儒者老死于寒窗之下（而得不到重用呢）？"于是便依从屠宗师之前的申请文书，批准我出贡，与前面领取的米粮一同计算，确实是九十一石五斗。我因此更加相信一进一退，各有命数，命运到来的迟或快，也是注定的，所以也就将一切都看得淡泊，没什么可求的了。

贡入燕都,留京一年,终日静坐,不阅文字。己巳①归,游南雍②,未入监③,先访云谷会禅师④于栖霞山中,对坐一室,凡三昼夜不瞑目。

云谷问曰:"凡人所以不得作⑤圣者,只为妄念相缠耳。汝坐三日,不见起一妄念⑥,何也?"

余曰:"吾为孔先生算定,荣辱生死,皆有定数,即要妄想,亦无可妄想。"

云谷笑曰:"我待汝是豪杰,原来只是凡夫。"

❋ 注释

① 己巳：公元 1569 年。
② 南雍：明代称设在南京的国子监。
③ 入监：进国子监读书。
④ 云谷会禅师：云谷禅师，法名为法会，号云谷。幼年便看破红尘，立志出家。初修习天台止观，后参禅有悟，勤苦修行，终成一代高僧。
⑤ 作：成为。
⑥ 妄念：虚妄的或不正当的念头。

❀ 译文

我成为贡生后前往北京的国子监读书，在留京的这一年里，我终日静坐，也不阅读书籍。己巳年，我回到南京，准备在国子监读书，入国子监之前，我先去栖霞山拜访了云谷禅师，与他在禅室内相对而坐，三日三夜都不曾合眼休息。

云谷禅师问我："普通人之所以不能成为圣贤，都是因为内心被虚妄的念头纠缠。你静坐了三天，我不曾见你起一丝妄念，这是为什么呢？"

我说："孔先生曾为我卜算，这一生的生死、得失、荣辱，全都各有定数，即使想生妄念，也没什么可想的了。"

云谷禅师笑着说："我原来把你当豪杰对待，没想到原来你只不过是个凡夫俗子。"

问其故，曰："人未能无心①，终为阴阳所缚，安得无数？但惟凡人有数②；极善之人，数固拘他不定；极恶之人，数亦拘③他不定。汝二十年来，被他算定，不曾转动一毫，岂非是凡夫？"

余问曰："然则数可逃乎？"

曰："命由我作，福自己求。诗书所称，的④为明训。我教典中说：'求富贵得富贵，求男女得男女，求长寿得长寿。'夫妄语⑤乃释迦⑥大戒，诸佛菩萨，岂诳语欺人？"

注释

① 心：妄想心，佛教中"妄想心"与"妄念""妄执"相等同。
② 数：气数，命运。
③ 拘：拘束，约束。
④ 的：的确，确实。
⑤ 妄语：虚妄不实的话，假话。属于佛教十恶之一。
⑥ 释迦：释迦牟尼，此处代指佛教。

译文

我问他这么说的原因，云谷禅师回答道："一个人如果做不到没有妄念，就会被天地阴阳所束缚，怎么可能没有定数呢？但也只是凡人才会有所谓的定数；对极善的人来说，命数无法束缚他；对极恶的人来说，命数也同样无法束缚他。你这二十年，被孔先生算定了命运，没有一丝一毫的变化，难道还不是个凡夫俗子吗？"

我问道："按你所说，定数是可以逃掉的吗？"

云谷禅师说："每个人的命运，其实是由自己决定的，福运也是自己求来的。这是诗书所说的，确实是使人明理的训诫。佛教典籍中说：'求富贵就能得到富贵，求子女就能得到子女，求长寿就能实现长寿。'说谎是佛家的大戒，难道佛祖与菩萨还会说谎话骗人吗？"

余进曰："孟子言：'求则得之①。'是求在我者也。道德仁义可以力求；功名富贵，如何求得？"

云谷曰："孟子之言不错，汝自错解耳。汝不见六祖②说：'一切福田③，不离方寸④；从心而觅，感无不通。'求在我，不独得道德仁义，亦得功名富贵；内外双得，是求有益于得也。若不反躬内省，而徒向外驰求⑤，则求之有道，而得之有命矣。内外双失，故无益。"

❋ 注释

① 求则得之：出自《孟子·尽心上》："求则得之，舍则失之。"
② 六祖：指被尊为禅宗第六祖的惠能大师。
③ 福田：佛教用语，可生福德之田。佛教认为，供养布施，行善修德，即可获得福德、功德，就像农人耕田，能有收获，故以田为喻。
④ 方寸：指心。
⑤ 驰求：到处奔走求取。

❖ 译文

我进一步说："孟子曾说过：'求取的就能得到。'这是说求取那些我可以做主的东西。道德仁义，可以努力去求取；功名富贵，又怎么能求得到呢？"

云谷禅师说："孟子的话并没有错，是你自己理解错了。你没听过六祖惠能所说的：'所有行善积德的福田，都离不开自己的方寸之心；从自己的心出发去寻觅，没有感应不到的。'求取由我做主的东西，不仅能得到道德仁义，也能得到功名富贵；内在的道德修养和外在的功名富贵都能得到，可见求取对获得是有益处的。但如果不回头检查反省自己的过失，只是在外部世界奔走求取，那么就算你有求取的方法，是否得到也只能听从命运的安排了，这样就会导致内在的道德修养和外在的功名富贵都失去，所以这种求法是没有益处的。"

因问："孔公算汝终身若何？"余以实告。

云谷曰："汝自揣①应得科第否？应生子否？"

余追省良久，曰："不应也。科第中人，类②有福相，余福薄，又不能积功累行，以基厚福；兼不耐烦剧③，不能容人；时或以才智盖人，直心直行，轻言妄谈。凡此皆薄福之相也，岂宜科第哉。

"地之秽者多生物，水之清者常无鱼。余好洁，宜无子者一；和气能育万物，余善怒，宜无子者二；爱为生生④之本，忍为不育之根，余矜惜名节，常不能舍己救人，宜无子者三；多言耗气，宜无子者四；喜饮铄⑤精，宜无子者五；好彻夜长坐，而不知葆元毓神⑥，宜无子者六。其余过恶尚多，不能悉数。"

※ 注释

① 揣：揣测，估计。
② 类：大多数。

③ 烦剧：纷繁杂碎。
④ 生生：指事物不断产生、不断变化。《周易·系辞上》："生生之谓易。"
⑤ 铄：销毁，损耗。
⑥ 葆元毓神：保养元气，培育精力。

❖ 译文

接着云谷禅师又问我："孔先生为你卜算的一生是什么样的呢？"我如实告诉了他。

云谷问道："你自己觉得，你应该考取功名吗？应该有儿子吗？"

我回忆过往，反思了许久说："不应该。能考取功名的人，大多都有福相，我福薄，又没有多积累功德和善行，让自己的福德根基厚实；再有，我不能忍受纷繁复杂的事情，不能宽容别人；有时还因为自觉才智过人，想到什么就做什么，说话随意不加考虑。这些全是福薄的表现，如此又怎么能够考取功名呢？

"土地中越脏的地方，生长的东西越多，清澈的水中反而常常没有鱼生存。我喜欢干净，这是我不应该有儿子的第一个原因；和气能够孕育万物，而我却容易发怒，这是我不应该有儿子的第二个原因；爱是万物生生不息的根本，残忍是不能孕育的根由，我只懂得爱惜自己的名声，常常不能舍己救人，这是我不应该有儿子的第三个原因；多说话耗费气，这是我不应该有儿子的第四个原因；喜欢饮酒，损耗精力，这是我不应该有儿子的第五个原因；喜欢彻夜长坐，不知道保养元气，培育精力，这是我不应该有儿子的第六个原因，其余的过失与恶行还有很多，无法全部详细地指出来。"

云谷曰："岂惟科第哉。世间享千金之产者，定是千金人物①；享百金之产者，定是百金人物；应饿死者，定是饿死人物。天不过因材而笃，几曾加纤毫意思。即如生子，有百世之德者，定有百世子孙保之；有十世之德者，定有十世子孙保之；有三世二世之德者，定有三世二世子孙保之；其斩焉无后者，德至薄也。

"汝今既知非。将向来②不发科第③，及不生子相，尽情改刷；务要积德，务要包荒④，务要和爱，务要惜精神。从前种种，譬如昨日死；从后种种，譬如今日生：此义理再生之身。

"夫血肉之身，尚然有数；义理之身，岂不能格天⑤？《太甲》⑥曰：'天作孽，犹可违；自作孽，不可活。'《诗》云：'永言配命，自求多福。'⑦孔先生算汝不登科第，不生子者，此天作之孽，犹可得而违。汝今扩充⑧德性⑨，力行善事，多积阴德，此自己所作之福也，安得而不受享乎？

"《易》为君子谋⑩，趋吉避凶；若言天命有常⑪，吉何可趋，凶何可避？开章第一义，便说：'积善之家，必有余庆。'汝信得及否？"

❋ 注释

① 千金人物：能够承受千金福报的人物。
② 向来：从前。
③ 不发科第：参加科举考试考中即为发科、及第；不发科第，则是指未考中。
④ 包荒：包含荒秽，谓度量宽大。
⑤ 格天：感通上天。
⑥ 《太甲》：指《尚书》中的《太甲》篇，描写的是伊尹辅佐太甲执政的事。太甲是商汤的嫡长孙，商朝第四位君主。
⑦ 此句出自《诗经·大雅·文王》。
⑧ 扩充：放大。
⑨ 德性：道德本性。
⑩ 谋：谋划，替人打算。
⑪ 常：指万物变化中不变的法则。老子在《道德经》中说："道可道，非常道。"《荀子·天论》说："天行有常。"

❋ 译文

云谷禅师说："难道只有考取功名这件事如此吗？人世间能够享有千金家产的人，一定是个能够承受千金福报的人；享有百金家产的人，一定是个能够承受百金福报的人；应该饿死的，那一定是命中应该遭受这个报应的人。上天不过是根据每人原本的福报来安排，何曾增添一丝一毫的其他东西呢？就比如生孩子的事情，积累了百世德行的人，一定有百世子孙的传承；积累了十世德行的人，一定有十世子孙的传承；积累了三世二世德行的人，一定有三世二世子孙的传承；那些香火中断而无后的人，是因为功德太薄。

"你现在既然已经知道了自己的过错，就可以把以前的那些不能考取功名和不能生子的种种福薄之相全部洗刷改正；一定要积累功德，一定要度量宽大，一定要和谐友爱，一定要爱惜精神。从前的种种行为，就好像昨天的自己已经死了一样，全都过去了；以后的种种行为，就像今天的自己获得新生一样，明白了这一超越命数的义理就可脱胎换骨。

"血肉之身，还可以说是有定数，从义理中再生的身体，难道还不能感通上天吗？《尚书·太甲》中说：'上天作孽，还可以挽回；自己作孽，那是没办法逃脱的。'《诗经》中说：'经常配合天命行事，自己就能求得更多的福分。'孔先生算定你命中不能考取功名，不能生子，这是上天安排的命运，但这是可以改变的。你现在要提升你的道德修养，尽你所能身体力行地做善事，多积攒阴德，这是自己创造的福分，怎么会得不到享受的机会呢？

"《易经》是为君子谋划的书，谋取利益，躲避灾难；如果说上天注定的命运是不可以改变的，那么又怎么能谋取利益、躲避灾难呢？《易经》第一章讲的第一个要义就是：'积累善行的人家，一定会有许多福报。'你相信这个道理吗？"

第壹篇　立命之学

余信其言,拜而受教。因将往日之罪,佛前尽情发露①,为疏②一通,先求登科;誓行善事三千条,以报天地祖宗之德。

云谷出功过格示余,令所行之事,逐日登记;善则记数,恶则退除,且教持《准提咒》③,以期必验。

注释

① 发露:揭露,无所隐瞒地表白所犯之过失。
② 疏:臣下向君主分条陈述事情的文字。
③ 《准提咒》:佛教准提佛说的一种咒文,为古印度梵文。

译文

我相信他的话,向他拜谢,并接受他的教导。我把过去的罪行,在佛前全部吐露出来,又写了一篇疏文,先祈求能够考取功名,并立下誓言,做三千件善事,来报答天地与祖宗的恩德。

云谷禅师给了我一本功过格,让我每天将所做的事情一一记录在上面;做了好事就增加相应的数字,做了坏事就减去相应的数字,还教我念诵《准提咒》,希望我所求的事情能够应验。

一二三

语余曰："符箓①家有云：'不会书符，被鬼神笑。'此有秘传，只是不动念也。执笔书符，先把万缘②放下，一尘不起。从此念头不动处，下一点，谓之混沌开基③。由此而一笔挥成，更无思虑，此符便灵。

"凡祈天立命，都要从无思无虑处感格④。孟子论立命之学，而曰：'夭寿不贰。'⑤夫夭寿，至贰⑥者也。当其不动念时，孰为夭，孰为寿？细分之，丰歉不贰，然后可立贫富之命⑦；穷通⑧不贰，然后可立贵贱之命；夭寿不贰，然后可立生死之命。人生世间，惟死生为重，曰夭寿，则一切顺逆皆该⑨之矣。

"至'修身以俟⑩之'，乃积德祈天之事。曰修，则身有过恶，皆当治而去之；曰'俟'，则

一毫觊觎，一毫将迎，皆当斩绝之矣。到此地位，直造⑪先天之境，即此便是实学⑫。

"汝未能无心，但能持《准提咒》，无记无数，不令间断，持得纯熟，于持中不持，于不持中持。到得⑬念头不动，则灵验矣。"

※ 注释

① 符箓：符箓是道教中的一种法术，亦称符字、墨箓、丹书。此指道家学说。
② 万缘：心中的种种念头。
③ 开基：开创，开始。
④ 感格：感通，感化。
⑤ 夭寿不贰：指短命与长寿没什么区别。《孟子·尽心上》："尽其心者，知其性也。知其性，则知天矣。存其心，养其性，所以事天也。夭寿不贰，修身以俟之，所以立命也。"
⑥ 至贰：绝对不一样。
⑦ 命：天命。
⑧ 通：发达。
⑨ 该：包括。
⑩ 俟：等候，等待。
⑪ 造：达到。
⑫ 实学：真正实在的学问。
⑬ 到得：等到，到了。

译文

他对我说:"道家有句话说:'不会画符,就会被鬼神嘲笑。'画符流传着一种秘诀,那就是画时不动一丝念头。拿起笔画符,先把所有心事放下,不能有一丝杂念。当不起一丝念头时,在纸上画下一点,一道完整的符就是从这个点开始的,这个点就是符的根基所在。由这个点开始一笔画完整个符,整个过程不起一丝杂念,这个符就会很灵验。

"凡是要祷告上天祈求保佑,或是想要改变命运,都要从没有妄念开始,由此感通天地。孟子谈到立命的学问时,说:'短命与长寿并没有什么区别。'其实短命与长寿是有很大区别的。当一个人没有任何念头时,什么是短命?什么是长寿呢?仔细分析的话,丰收与歉收也没有区别,贫富可以接受天命的安排;短命与长寿没有区别,生死也可以接受天命的安排。人生在世,只有生与死是最重要的,这里所说的短命与长寿,就是把一切顺境和逆境都包括了。

"至于修身养性等待天命,则是积累德行并向上天祈祷的事。说到'修',身上的过失和罪恶,都应该治疗并去除;说到'俟',哪怕是一丝的觊觎之心,一毫的逢迎之心,都应该彻底斩除。能做到这种程度,就可以达到先天境界了,这才是实实在在的学问。

"你还没有达到无妄心的境界,但可以坚持念诵《准提咒》,也不需要去数或记录念了多少遍,只要不间断地念下去,达到熟练的地步,自然能做到虽然在口中默念而内心没有察觉,也就是佛教中的'持中不持';口中不念的时候,心中也会不知不觉地念起来,即佛教中的'不持中持'。等到了这种程度,那么所念的咒,就没有不灵验的了。"

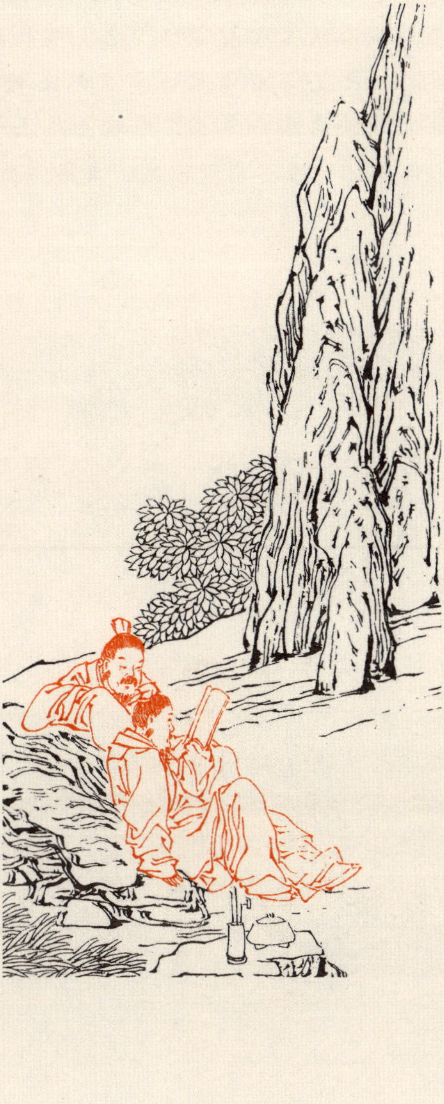

余初号"学海",是日改号"了凡"。盖悟立命之说,而不欲落凡夫窠臼①也。从此而后,终日兢兢②,便觉与前不同。前日只是悠悠放任,到此自有战兢惕厉③景象,在暗室屋漏中,常恐得罪天地鬼神;遇人憎我毁我,自能恬然容受。

❊ 注释

① 窠臼：窠巢和舂臼。比喻陈旧的格调。
② 兢兢：小心谨慎的样子。
③ 惕厉：警惕，戒惧。

❈ 译文

我最初起号"学海"，从那天起我便改号为"了凡"。因为领悟到了立命的道理，便不愿意再像凡夫俗子一样落于俗套了。从那以后，我每天都小心谨慎，于是也就觉得与以前大不相同了。之前每天只是闲散放任，从那以后自然时刻都保持警惕之心，即使在别人看不见的地方，也常常害怕得罪了天地和鬼神；遇到他人憎恨我、诋毁我，也能宽容、接受了。

到明年，礼部考科举，孔先生算该第三，忽考第一，其言不验，而秋闱①中式矣。

然行义未纯，检身②多误：或见善而行之不勇；或救人而心常自疑；或身勉③为善，而口有过言；或醒时操持④，而醉后放逸。以过折功，日常虚度。自己巳岁发愿⑤，直至己卯岁⑥，历十余年，而三千善行始完。

时方从李渐庵入关，未及回向⑦。庚辰⑧南还，始请性空、慧空诸上人，就东塔禅堂回向。遂起求子愿，亦许行三千善事。辛巳⑨，生男天启。

※ 注释

① 秋闱：乡试。由各地州、府主持考试，一般在八月举行，故称秋闱。
② 检身：约束、省察自身。
③ 勉：努力。
④ 操持：把持。
⑤ 发愿：佛教用语，指普度众生的广大愿心。后亦泛指许下愿望。
⑥ 己卯岁：公元1579年。
⑦ 回向：佛教中的一种修行方式，指将所修的功德回转给其他众生，以帮助他们脱离苦难、增加福报。
⑧ 庚辰：公元1580年。
⑨ 辛巳：公元1581年。

译文

到了第二年，礼部举行科举考试，孔先生算我会考得第三，但我却出乎意料地考了第一，孔先生为我卜算的结果开始不灵验了，到了乡试时，我中举了。

然而我仍感觉修行还没有达到纯粹的程度，省察自身，尚能发现许多失误之处：遇见需要行善的事时不能放心大胆地去做；或是救人的时候常常在心中怀疑自己；或是身体力行去做善事，却说着不当的言论；或是清醒时能够尽力把持住自己，但喝醉后就会放纵不羁。常常将功抵过，虚度光阴。我在己巳年立下誓言，直到己卯年，历时十年多，才做完这三千件善事。

这时正跟随李渐庵先生入关，没有来得及将这三千件善事的功德回向给众生，庚辰年回到南方后，才请了性空、慧空等高僧，在东塔禅堂完成了回向。于是，我又许下求子的愿望，也许诺再做三千件善事。辛巳年，便生了儿子天启。

余行一事，随以笔记。汝母不能书，每行一事，辄用鹅毛管，印一朱圈于历日之上。或施食贫人，或放生命，一日有多至十余（圈）者。至癸未①八月，三千之数已满，复请性空辈，就家庭回向。九月十三日，复起求中进士愿，许行善事一万条。丙戌②登第，授③宝坻知县。

余置空格一册，名曰《治心篇》。晨起坐堂④，家人携付门役，置案上，所行善恶，纤悉必记。夜则设桌于庭，效赵阅道焚香告帝⑤。

❋ 注释

① 癸未：公元1583年。
② 丙戌：公元1586年。
③ 授：任用官员的统称。
④ 坐堂：指官吏在公堂上处理案件，因坐于厅堂而得名。
⑤ 帝：上天。

❖ 译文

我每做一件事，都随时用笔记下来；你母亲不会写字，每做一件事便用鹅毛笔在日历上画一个红圈作为记号。有时是向穷人布施食物，有时是买一些活物来放生，多的时候一天能画上十多个红圈。

到癸未年八月，三千件善事就做完了。我又请了性空等高僧，在家中完成了回向。九月十三日，我又许下了考中进士的愿望，立下了做一万件善事的誓言。后来果然在丙戌年考中了进士，被任命为宝坻知县。

我准备了一本空白的册子，起名为《治心篇》。早上我在官府处理公务，家人便将《治心篇》带出来交给衙役，让他放在案桌上，将我做的所有善事、坏事一一记录下来，即使微小的事情也不放过。晚上便在庭院中摆上一个桌子，效仿赵阅道一边焚香一边将所做之事禀告给上天。

汝母见所行不多,辄①颦蹙②曰:"我前在家,相助为善,故三千之数得完;今许一万,衙中无事可行,何时得圆满乎?"

夜间偶梦见一神人,余言善事难完之故。神曰:"只减粮一节,万行俱完矣。"盖宝坻之田,每亩二分三厘七毫。余为区处③,减至一分四厘六毫,委④有此事,心颇惊疑。适⑤幻余禅师自五台来,余以梦告之,且问此事宜信否。

师曰:"善心真切,即一行可当万善,况合县减粮,万民受福乎!"吾即捐俸银,请其就五台山斋僧一万而回向之。"

❋ 注释

① 辄：就。
② 颦蹙：皱眉蹙额，形容忧愁不乐的样子。
③ 区处：筹划，安排。
④ 委：确实。
⑤ 适：正好，刚好。

❋ 译文

你母亲看我做的善事不多，就皱着眉头说："以前在家的时候，我帮助你做善事，所以三千件可以完成；现在你许下了做一万件善事的誓言，在衙门中又没有善事可以做，何时才能完成誓言达到圆满呢？"

夜里偶然梦到了一个神人，我向他说明了善事难以做完的原因。神人对我说："只减轻粮税一件事，做一万件善事的誓言便已经完成了。"原来宝坻的田地，每亩地要征收二分三厘七毫的税收。我为此筹划了一番，将税收减到了一分四厘六毫，确实有这样的事。但我很惊讶，有些怀疑。恰逢幻余禅师从五台山来宝坻，我把这个梦告诉了他，并且问他这件事是否应该相信。

幻余禅师回答说："如果善行是真心实意的，即使是一件事，也可以抵得上一万件，更何况是减少了全县的田赋税收，万民都受到恩惠呢！"我立刻捐出了俸禄，请幻余禅师在五台山为一万名僧人准备斋饭，以此作为回向。

孔公算予五十三岁有厄①，余未尝祈寿，是岁竟无恙，今六十九矣。

《书》曰："天难谌②，命靡常③。"又云："惟命不于常。"皆非诳语。吾于是而知，凡称祸福自己求之者，乃圣贤之言。若谓祸福惟天所命，则世俗之论矣。

✵ 注释

① 厄：灾难。
② 谌：相信，信任。
③ 靡常：不是固定的。靡，不，没有；常，固定，恒定。

❈ 译文

孔先生卜算，说我五十三岁时会有灾难，我从未祈求过长寿，但到了这一年竟安然无恙，现在已经六十九岁了。

《尚书》中说："上天是难以相信的，命运不会固定不变的。"又说："只有命运没有定数。"这些都不是诓骗人的话。我也从此知道了，凡是说避祸、福报都要自己去求的，都是圣人的言论；凡是说祸福都是上天注定之类的，不过是世俗的看法。

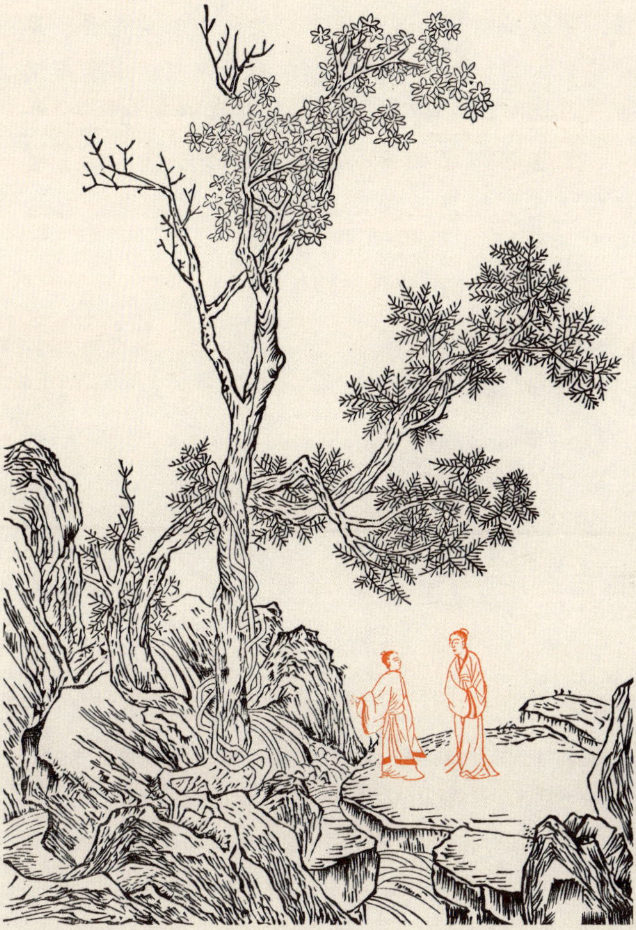

汝之命，未知若何。即命当荣显，常作落寞想；即时当顺利，当作拂逆①想；即眼前足食，常作贫窭②想；即人相爱敬，常作恐惧想；即家世望重③，常作卑下想；即学问颇优，常作浅陋④想。

远思扬祖宗之德，近思盖父母之愆⑤；上思报国之恩，下思造家之福；外思济人之急，内思闲⑥己之邪。

❋ 注释

① 拂逆：违背，违反。
② 贫窭（jù）：贫穷，贫困。
③ 望重：名望显赫。
④ 浅陋：指见闻狭隘，见识贫乏。
⑤ 愆（qiān）：过失，罪过。
⑥ 闲：限制，防范。

❖ 译文

你的命运如何，现在还不能知晓。即使命中注定享尽荣华富贵，也应常常做不得意的心理准备；即使是非常顺利的时刻，也要怀有会被拒绝、结果可能不如意的想法；即使眼下丰衣足食，也要做好将来有可能贫穷的准备；即使受他人的尊敬、爱戴，也要时刻保持谨慎；即使家世名声显赫，也要时常想着谦卑退让；即使学问高深，也要时常把自己视为浅陋之人。

从长远考虑，要发扬祖先的德行，从当前考虑，要弥补父母的过失；对上，要时常想着报答国家的恩德，对下，应该想着为家庭造福；对外，应该想着在别人遇到困难的时候帮助他们，对内，应该防范自己的邪念。

务要日日知非，日日改过；一日不知非，即一日安于自是①；一日无过可改，即一日无步可进。天下聪明俊秀不少，所以德不加修、业不加广者，只为"因循"二字，耽阁一生。

云谷禅师所授立命之说，乃至精至邃②、至真至正之理，其熟玩③而勉行之，毋自旷④也。

※ 注释

① 自是：自以为是。
② 邃：深远。
③ 玩：玩味，体会。
④ 旷：荒废，耽误。

❖ 译文

务必要每天反省自己的过错，每天都要改过自新；一天不反省自己的过错，那么就会安于现状，自以为是；一天没有过失可以改正，便一天没有任何进步。天下聪明非凡的人确实不少，（其中一些人）之所以没有修养自己的道德、增加自己的学识、发展自己的事业，只是被"因循"二字耽误了一生。

云谷禅师传授给我的"立命之说"，是最精妙深远、最真实正确的道理，你应该认真体会并努力践行，不要把自己耽误了。

四一

第贰篇 改过之法

春秋诸大夫,见人言动,亿①而谈其祸福,靡不验者,《左》《国》②诸记可观也。大都吉凶之兆,萌③乎心而动乎四体④,其过于厚者常获福,过于薄者常近祸,俗眼多翳⑤,谓有未定而不可测者。至诚合天⑥,福之将至,观其善而必先知之矣;祸之将至,观其不善而必先知之矣。今欲获福而远祸,未论行善,先须改过。

※ 注释

① 亿：通"臆"，揣测，推测。
② 《左》《国》：《左传》和《国语》。
③ 萌：萌发，事情刚发展。
④ 四体：四肢。
⑤ 翳：白翳，眼球上生的障蔽视线的白膜。指眼睛被遮蔽了。
⑥ 合天：合乎自然。

※ 译文

春秋时期的士大夫们，通过人们的言谈举止，便能揣测并谈论他们的吉凶祸福，没有不灵验的，这在《左传》《国语》等书的记载中就能看出来。大体上来说，吉凶的征兆大都由内心产生，并通过举止行为表现出来，忠厚的人常常能获得福报，刻薄的人常常招致灾祸，世俗中的大多数人眼睛被蒙蔽而看不清这些，并认为这些是不能确定且难以预测的。一个人的心真诚到与天道相合时，福分就会到来，观察他的善行就一定能预知；若灾祸即将来临，观察他的恶行，也一定能事先知晓。我们现在想要获得福报，远离灾祸，在谈论如何做善事之前，必须要先改正自己的过错。

但改过者,第一,要发耻心。思古之圣贤,与我同为丈夫,彼何以百世可师?我何以一身瓦裂①?耽②染③尘情,私行不义,谓人不知,傲然无愧,将日沦于禽兽而不自知矣。世之可羞可耻者,莫大乎此。孟子曰:"耻之于人大矣。"以其得之则圣贤,失之则禽兽耳。此改过之要机也。

注释

① 瓦裂:像瓦片一样碎裂,比喻事物分裂或崩溃。
② 耽:沉溺。
③ 染:沾染。

译文

但是要改过的人,第一,要有羞耻心。想想古代的圣贤们,与自己一样是大丈夫,为什么他们能流芳百世,成为后人效仿学习的榜样,而自己却如瓦裂般一事无成?有些人沉溺于世俗事务,私下做一些不合乎道义的事情,以为别人不知道,还理直气壮,丝毫没有愧疚之心,这种人过不了多久就会沦落为禽兽之流而自己却不知道;世上让人感到羞耻的事情,没有一件能比得上它。孟子曾说过:"羞耻心对于人来说是非常重要的。"一个人若有羞耻心,就可以成为圣贤之人,如果不知耻,那么就会沦为禽兽。羞耻心是改正过错的关键。

四七

第二，要发畏心。天地在上，鬼神难欺，吾虽过在隐微①，而天地鬼神，实鉴临②之，重则降之百殃③，轻则损其现福。吾何可以不惧？

不惟是也。闲居④之地，指视昭然⑤；吾虽掩之甚密，文⑥之甚巧，而肺肝早露，终难自欺；被人觑破，不值一文矣，乌得不懔懔⑦？

✳ 注释

① 隐微：隐蔽、微小的地方。

② 鉴临：就像到现场查看一样清楚。鉴，审查，仔细看；临，到。

③ 殃：祸害。

④ 闲居：避人独居。

⑤ 昭然：明显的样子。

⑥ 文：修饰，掩饰。

⑦ 懔懔：危惧的样子。

❖ 译文

　　第二，要有敬畏之心。天地在上，鬼神是难以欺骗的，虽然我的过错都在隐蔽、微小的地方，但是天地鬼神都能看得清清楚楚，就像亲自到现场查看一样，如果罪孽深重，就会招致多种灾祸，即使是轻微的过错，也会折损现在的福分。我怎么可能不惧怕呢？

　　不仅如此，即使在独居的地方，神明也看得清清楚楚；虽然我遮掩得非常严密，精巧地掩盖过失，但内心早已暴露，终究难以欺骗自己；被人看破后，便一文不值了，怎能不心怀畏惧呢？

不惟是也。一息尚存，弥天之恶①，犹可悔改；古人有一生作恶，临死悔悟，发一善念，遂得善终者。谓一念猛厉②，足以涤百年之恶也。譬如千年幽谷，一灯才照，则千年之暗俱除。故过不论久近，惟以改为贵。但尘世无常，肉身易殒③，一息不属，欲改无由矣。明则千百年担负恶名，虽孝子慈孙，不能洗涤；幽则千百劫沉沦狱报，虽圣贤佛菩萨，不能援引。乌得不畏？

✷ 注释

① 弥天之恶：无边的罪恶。弥，满。

② 猛厉：猛烈。气势盛，力量大。

③ 殒：丧失生命，死亡。

✷ 译文

还不止于此。人只要有一口气在，即使犯下滔天罪行，也是有机会悔改的；过去有人一生作恶，在临死的时候突然悔悟，生出了行善的念头，最终得以善终。所以说只要有强烈的行善念头，就足以将多年积累的罪恶清洗干净。就像一个幽闭千年的山谷，只要在这里点一盏灯，那么这千年的黑暗就可以被全部清除。所以说，不计较何时犯下的过错，只要知错就改便难能可贵。只是世事无常，生命易陨，等到断气时，再想改正也没有办法了。可以看得见的报应，便是在人世间身负千百年恶名，即使儿孙孝顺慈爱，也不能洗清罪恶；看不见的报应，则是千百年间沉沦于地狱中接受惩罚，即使是圣贤、佛祖、菩萨，也没有办法出手相救。这怎么能不让人心生畏惧呢？

第三，须发勇心。人不改过，多是因循退缩。吾须奋然振作，不用迟疑，不烦等待。小者如芒刺①在肉，速与抉剔②；大者如毒蛇啮指，速与斩除，无丝毫凝滞。此风雷之所以为益也。③

具是三心，则有过斯改，如春冰遇日，何患不消乎？然人之过，有从事上改者，有从理上改者，有从心上改者，工夫不同，效验④亦异。如前日杀生，今戒不杀；前日怒詈⑤，今戒不怒，此就其事而改之者也。强制于外，其难百倍，且病根终在，东灭西生，非究竟⑥廓然⑦之道也。

注释

① 芒刺：草木茎叶、果壳上的小刺。

② 抉剔：挑取，剔除。

③ 此句出自《易·益》:"风雷,益;君子以见善则迁,有过则改。"风雷相助,互相增益;君子因此见到好的品行就倾心向往,有过错就立刻改正。
④ 效验:功效。
⑤ 詈(lì):骂,责骂。
⑥ 究竟:到底,终究。
⑦ 廓然:形容空旷寂静的样子。此处指彻底根除,彻底清除干净。

译文

　　第三,必须要有勇敢之心。人不能改正自己的过错,大多是因循守旧,容易退缩的缘故。我(们)必须发奋振作,不要迟疑,不要等待。小的过错,就像是刺进肉里的芒刺,要尽快剔除掉;大的过错,就像是被毒蛇咬到的手指,要尽快砍掉,不要有丝毫犹豫和迟疑。这就是《易经》中所说的风雷相助的道理。

　　具备了羞耻之心、敬畏之心、勇敢之心,有了过错便可以立即改正,就像春天时冰雪遇到阳光,哪还需要担心它不消融?然而人的过错,有的需要从事情本身上改正,有的需要认清道理后改正,有的需要通过修养心性来改正,改正的方法不同,所得到的效果也就不一样。就像以前杀生,现在已经戒掉,不杀了;以前容易发怒辱骂他人,现在戒掉,不再发怒了,这些是就事论事去改正的过错。用外部的力量强制自己去改正过错,比自觉去改正要难上百倍,即使改正了,病根也尚未根除,一边的事情解决了,另一边又会发生新的事情,这终究不是彻底改错的方法。

善改过者，未禁其事，先明其理。如过在杀生，即思曰：上帝好生，物皆恋命，杀彼养己，岂能自安？且彼之杀也，既受屠割，复入鼎镬①，种种痛苦，彻入骨髓；己之养也，珍膏②罗列，食过即空，疏食菜羹，尽可充腹，何必戕③彼之生，损己之福哉？又思血气之属，皆含灵知，既有灵知，皆我一体。纵不能躬修至德，使之尊我亲我，岂可日戕物命，使之仇我憾我于无穷也？一思及此，将有对食痛心，不能下咽者矣。

※ 注释

① 鼎镬（huò）：古代烹饪器具。鼎，呈圆腹形，具三足两耳。镬，一般认为无足的鼎即为镬。
② 珍膏：此处指山珍海味。
③ 戕（qiāng）：杀害，残害。

❖ 译文

善于改正错误的人，即使还没有做出改变，也会先明白其中道理。比如杀生，他就会思考这个过错：上天有好生之德，万物都珍惜自己的生命，杀害别的生命来养活自己，我怎么能够心安呢？况且它们在被杀的时候，不仅要被屠宰刀割，还要被放入锅中烹饪，种种痛苦都深入骨髓；要养活自己，即使是山珍海味，也是吃过就算了，什么都不会留下。蔬菜粮食完全可以饱腹，何必再去残害别的生命，折损自己的福分呢？又想到有血有肉的生命，都有灵性与感知，既然有灵性与感知，那就和我一样都是同类。我纵使不能亲身修成美好的品德，让它们尊敬我、亲近我，又岂能每日残害它们的生命，让它们无穷无尽地憎恨我呢？一想到这里，面对食物就会非常痛心，也无法下咽。

如前日好怒，必思曰：人有不及，情所宜矜①；悖理②相干③，于我何与？本无可怒者。又思天下无自是之豪杰，亦无尤④人之学问；行有不得，皆己之德未修，感未至也。吾悉以自反，则谤毁之来，皆磨炼玉成⑤之地，我将欢然受赐，何怒之有？

又闻谤而不怒，虽谗焰薰天，如举火焚空，终将自息；闻谤而怒，虽巧心力辩，如春蚕作茧，自取缠绵。怒不惟无益，且有害也。其余种种过恶，皆当据理思之。此理既明，过将自止。

❋ 注释

① 矜：同情，怜悯。
② 悖理：违背情理。
③ 干：干扰，侵扰。
④ 尤：抱怨、责怪。
⑤ 玉成：敬辞，有成全、促成之意。

❋ 译文

再比如以前喜欢发脾气，这时就应该想：人有不足之处，从情理上看，这本来就值得同情；违背情理，互相争斗，这对我又有什么好处呢？本来这些事就不值得我们发怒。又想到天下从来没有自己称赞自己的豪杰，也没有一门学问是用来抱怨、指责别人的；做事情没有完全得到别人的认可，那是因为自己的德行没有修炼好，感化别人的能力还不够。我应该彻底反省自己，如此，诋毁、诽谤来临时，可以都当作磨炼自己、使自己成功的机会，我应该欣然接受这种恩赐，又怎么会生气呢？

再者，听到别人的诽谤而不发怒，那么即使谗言如烈火熏天，也不过就像举着火把焚烧虚空一样，火把最终必定会自己熄灭；如果听到别人的诽谤就大发雷霆，那么即使费尽心思为自己辩解，也会像春蚕结茧一样，最终把自己缠绕起来，将自己困住。发怒是没有益处的，是十分有害的。其他的种种过错、恶行，也都应该根据这个道理认真思考。明白了这个道理以后，过错也就能得到改正了。

何谓从心而改?过有千端,惟心所造;吾心不动,过安从生?学者于好色、好名、好货①、好怒,种种诸过,不必逐类寻求,但当一心为善,正念现前,邪念自然污染不上。如太阳当空,魍魉②潜消,此精一③之真传也。过由心造,亦由心改,如斩毒树,直断其根,奚必枝枝而伐,叶叶而摘哉?

❋ 注释

① 货:财物。
② 魍魉:古代传说中的鬼怪,后用来代指各种坏人。
③ 精一:精纯。

❖ 译文

什么叫从心里去改正错误呢?人们犯下的过错有上千种,这些过错都是由内心产生的;如果我不动心念,又怎么会犯错呢?对于追求学问的读书人来说,喜好美色、喜好名声、喜好财物、容易发怒等诸多过失,不必逐一去寻求改正的方法,只要一心向善,那么正念就会浮现出来,邪念自然会远离。就像太阳挂在天空上照耀着一切,鬼怪自然会消失,这就是改正过错最纯粹的诀窍。过错由心产生,也应该从内心改正,就好像铲除有毒的树木时,直接砍断树根就可以了,何必一枝一枝地去剪,一叶一叶地清除呢?

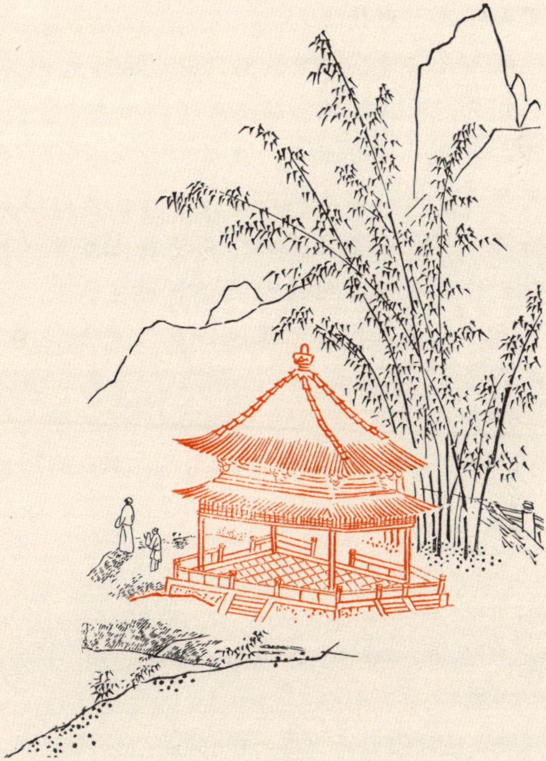

大抵最上①治心，当下清净；才动即觉，觉之即无。苟未能然，须明理以遣之；又未能然，须随事以禁之。以上事而兼行下功，未为失策；执下而昧上，则拙矣。

故发愿改过，明须良朋提醒，幽须鬼神证明。一心忏悔，昼夜不懈，经一七、二七，以至一月、二月、三月，必有效验。或觉心神恬旷②；或觉智慧顿开；或处冗沓③而触念皆通；或遇怨仇而回嗔作喜④；或梦吐黑物；或梦往圣先贤，提携接引⑤；或梦飞步太虚；或梦幢幡宝盖⑥，种种胜事⑦，皆过消罪灭之象也。然不得执此自高，画而不进。

※ **注释**

① 最上：最上乘的（方法）。

② 恬旷：淡泊旷达。

③ 冗沓：繁杂。

④ 回嗔作喜：由生气转为高兴。回，指转变；嗔，生气，发怒。

⑤ 接引：佛教用语，指诸佛、菩萨以慈悲心引导众生脱离苦海，帮助其往生西方净土。接引不仅是引导，更是教化，旨在帮助信徒达到彼岸世界。

⑥ 幢幡宝盖：幢幡，佛教道场用来装饰的长形旗帜；宝盖，佛道或帝王仪仗等的伞盖。

⑦ 胜事：美好的事。

❖ 译文

大概最上乘的方法就是修心，当下就能获得清净；心中刚冒出不好的念头就会立即察觉到，察觉到就会马上抹除。如果不能达到这样的境界，必须明白其中的道理去改正错误；如果这样也无法做到，那必须要根据具体的事情随时提醒自己不该做什么。用最上乘的修心之法并辅以功效次一等的方法，不算是失策；如果只执着于奉行下等的方法而忽视了上乘的方法，那就太过愚蠢了。

所以，立下誓愿改正过错，在明处需要有良师益友来提醒，在暗处需要有鬼神来监督证明。只要一心一意地忏悔，无论白天黑夜都不懈怠，经过一周、两周，至一个月、两个月、三个月，最终必定会有效果。或者觉得心旷神怡；或者觉得智慧大涨，茅塞顿开；或者觉得处理繁杂的事情时都能触类旁通；或者遇到仇家时也能由怒转喜；或者在梦中吐出了黑色的污秽之物；或者梦见古代的圣贤都在提携、引导自己；或者梦见自己飞翔在虚空之中；或者梦见得道者的幢幡和宝盖，种种美好的事情，都是消除掉过错的征兆。然而我们却不应该因此自视甚高，不能以此画地为牢，故步自封。

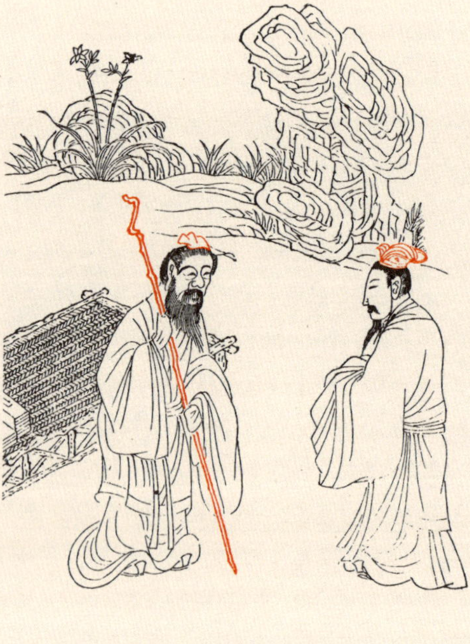

昔蘧伯玉①当二十岁时，已觉前日之非而尽改之矣。至二十一岁，乃知前之所改，未尽也；及二十二岁，回视二十一岁，犹在梦中。岁复一岁，递递②改之。行年五十，而犹知四十九年之非。古人改过之学如此。

注释

① 蘧伯玉：春秋时期卫国人，名瑗，因不断追求进步和善于改过而著称。据《淮南子》记载，他自二十岁起便反思并改正过错，年年改进，五十岁时仍能意识到过去的不足。
② 递递：连续不断的样子。

译文

蘧伯玉二十岁的时候，就已经察觉到自己过去所做的错事，并且将它们全部改正过来了。到了二十一岁的时候，他就知道了之前改正得还不够彻底；等到了二十二岁的时候，回顾二十一岁这一年，还是觉得自己像在梦中一样。年复一年，他仍在连续不断地改正着自己的错误。到了五十岁的时候，还记得过去四十九年做过的错事。古人改正过错的理论就像这样啊。

吾辈身为凡流①，过恶猬集②，而回思往事，常若不见其有过者，心粗而眼翳也。然人之过恶深重者，亦有效验：或心神昏塞，转头即忘；或无事而常烦恼；或见君子而赧然③消沮；或闻正论④而不乐；或施惠而人反怨；或夜梦颠倒，甚则妄言失志，皆作孽之相也。苟一类此，即须奋发，舍旧图新，幸勿自误。

注释

① 凡流：平凡的人。
② 猬集：像刺猬的硬刺那样多，比喻事情多且集中。
③ 赧然：形容难为情的样子，羞愧的样子。
④ 正论：正确合理的言论。

译文

我们不过是平凡的人，犯下的过错就像刺猬的硬刺那么多，回忆以前做过的事情，如果不能发现其中的过失，那实在是过于粗心，蒙蔽了双眼。一个人犯下的过错太多、罪孽过于深重，也会有一些征兆：或者心神闭塞，做过的事情转头就忘了；或者明明没有值得烦恼的事情，却常常心烦意乱；或者见到品德高尚的人，因为羞愧而消沉沮丧；或者听见正确的言论，却会闷闷不乐；或者施惠给他人反而招致怨恨；或者夜里经历一些颠倒的梦境，甚至梦中胡言乱语失去理智，这些都是作恶的表现。如果出现了类似的情况，应该发奋图强，舍弃过去不好的行为，做正确的事情，千万不要自误。

第叁篇 积善之方

《易》曰："积善之家，必有余庆。"昔颜氏将以女妻叔梁纥①，而历叙其祖宗积德之长，逆知②其子孙必有兴者。孔子称舜之大孝，曰："宗庙飨③之，子孙保之。"皆至论也。试以往事征④之。

※ 注释

① 叔梁纥：孔氏，名纥，字叔梁，宋国栗邑人，春秋时期鲁国大臣。娶颜氏为妻，生下孔子。
② 逆知：预知，逆料。
③ 飨：配飨，供奉。
④ 征：证明，验证。

❤ 译文

《易经》中说："积累善行的人家，一定能获得很多福报。"从前颜氏要把女儿嫁给孔子的父亲叔梁纥，历数他祖上积累下来的善行，预料到他的子孙中一定会出现能光宗耀祖的人。孔子称赞舜的孝心，说："宗庙将会供奉他，子孙们也会保住他的福德。"这些都是至理名言，我们可以试着拿过去发生的事情来验证它们。

六九

杨少师①荣，建宁人。世以济渡②为生，久雨溪涨，横流冲毁民居，溺死者顺流而下，他舟皆捞取货物，独少师曾祖及祖，惟救人，而货物一无所取，乡人嗤③其愚。逮少师父生，家渐裕。有神人化为道者，语之曰："汝祖父有阴功，子孙当贵显，宜葬某地。"遂依其所指而窆④之，即今白兔坟也。后生少师，弱冠⑤登第，位至三公⑥，加曾祖、祖、父，如其官。子孙贵盛，至今尚多贤者。

※ 注释

① 少师：君主的辅弼之官。春秋时楚国设置，北周以后历代多沿置，与少傅、少保合称三孤。
② 济渡：摆渡。
③ 嗤：嗤笑，讥笑。
④ 窆（biǎn）：将棺木葬入墓穴里，即下葬。
⑤ 弱冠：古时汉族男子二十岁行冠礼，象征成年，但由于尚未发育完全，仍显年轻，因此称为"弱冠"。
⑥ 三公：中国古代地位最尊显的三个官职的合称。对于具体所指的官职，普遍有两说，一说指司马、司徒、司空，一说指太师、太傅、太保。

❖ 译文

少师杨荣是建宁人。其家族世代以摆渡为生。一次持续的大雨，导致溪水上涨发生洪水，冲毁了百姓的房屋，被淹死的人顺流而下，其他的船主都在忙着捞取钱财物品，只有杨荣的曾祖父和祖父在救人，没有拿取一丁点钱财和物品，同乡的人都嘲笑他们愚笨。等到杨荣的父亲出生时，家里渐渐富裕了。一个神人化作道士，对杨荣的父亲说："你的祖父有阴德，子孙都应该是身份显赫的人，你应该把他埋葬在某地。"杨荣的父亲依照神人指示的地方将杨荣的曾祖父下葬，此地也就是现在我们所说的白兔坟。后来杨荣出生了，二十岁时就考上了进士，最后位列三公，朝廷为他的曾祖父、祖父、父亲都追封了官职。他子孙兴旺，且大多身份显赫，至今仍有许多十分贤能的人。

鄞人杨自惩，初为县吏，存心仁厚，守法公平。时县宰①严肃，偶挞②一囚，血流满前，而怒犹未息，杨跪而宽解之。宰曰："怎奈此人越法悖理③，不由人不怒。"自惩叩首曰："上失其道，民散久矣，如得其情，哀矜④勿喜；喜且不可，而况怒乎？"宰为之霁颜⑤。

※ 注释

① 县宰：县令。
② 挞：用鞭、棍等打人。
③ 越法悖理：触犯律法，违背天理。
④ 哀矜：哀伤，怜悯。
⑤ 霁颜：收敛威怒的神色，亦有和颜悦色之意，此处指前者。霁，怒气消散。

❖ 译文

鄞县人杨自惩一开始是县中的小吏，心地仁厚，坚守律法，公正无私。当时的县令非常严厉，有一次鞭挞一个囚犯，打得鲜血直流，但县令的怒气仍然没有消散，杨自惩就跪下来求情，宽解县令。县令说："这个人触犯法律，违背天理，不由得人不生气啊。"杨自惩一边叩头一边说："上位者离开了正道，民心也散失很久了，如果在审理案件时发现了实情，应该怜悯他们，而不是感到高兴；连高兴都不应该，何况是发怒呢？"县令听后怒气便消散了。

家甚贫，馈遗①一无所取，遇囚人乏粮，常多方以济之。一日，有新囚数人待哺，家又缺米，给囚则家人无食，自顾则囚人堪悯②。与其妇商之。

妇曰："囚从何来？"

曰："自杭而来。沿路忍饥，菜色可掬③。"

因撤己之米，煮粥以食囚。后生二子，长曰守陈，次曰守址，为南北吏部侍郎。长孙为刑部侍郎，次孙为四川廉宪④，又俱为名臣。今楚亭、德政，亦其裔也。

※ 注释

① 馈遗：赠送财物。
② 悯：怜悯。
③ 菜色可掬：形容因饥饿而营养不良，脸色难看。掬，两手捧着某物，此处指脸色难看到可以用双手捧起。
④ 廉宪：宋、元时代的职官名，廉访使的俗称，主管监察事务。

❖ 译文

　　杨自惩家中很清贫，但别人赠送的财物，他一概不取，遇到囚犯缺粮时，他还常常想各种办法接济他们。一天，又有数个新来的囚犯没有东西吃，杨自惩家中也正好缺米，如果给了囚犯，家人也没有东西吃了；如果只顾着自己，那囚犯们又实在可怜。杨自惩与妻子商量这件事。

　　妻子问："这些囚犯从何处来？"

　　杨自惩回答道："从杭州来的，一路忍耐饥饿，满脸菜色。"

　　于是他们便拿出自己的米煮成粥给囚犯们吃。后来他们生了两个儿子，长子叫杨守陈，次子叫杨守址，分别做了南北吏部侍郎。长孙是刑部侍郎，次孙是四川廉宪，又都是名臣。现在的楚亭和德政，也是杨自惩的后代。

昔正统①间，邓茂七②倡乱③于福建，士民从贼者甚众。朝廷起鄞县张都宪④楷南征，以计擒贼，后委布政司谢都事搜杀东路贼党。谢求贼中党附册籍，凡不附贼者，密授以白布小旗，约兵至日插旗门首，戒军兵无妄杀，全活万人。后谢之子迁，中状元，为宰辅⑤；孙丕，复中探花。

注释

① 正统：明朝第六位皇帝明英宗朱祁镇的年号，起止时间为正统元年（1436年）至正统十四年（1449年）。
② 邓茂七：原名邓云。佃农出身，农民起义军首领。明正统十二年（1447年）为二十四都总甲，率领民兵负责地方防务，其间联络众佃农拒送"冬牲"，并令田主自运租归，深得民心。
③ 倡乱：造反，带头作乱。
④ 都宪：明都察院都御史的别称。
⑤ 宰辅：辅政大臣，一般指宰相。

译文

在正统年间，邓茂七在福建一带作乱，士人百姓跟随他的有很多。朝廷派遣鄞县的都宪张楷南征，用计谋擒拿乱贼，后来又委派布政司的谢都事搜查斩杀东路的贼人。谢都事求得了叛贼中的结党人员的名单，凡是不曾依附叛贼的人，就秘密地给他们一面白布做的小旗，约定在官兵到来的那一天把旗子插在门上，以示自己清白，还告诫官兵不要滥杀无辜，如此一共保全了上万人的性命。后来谢都事的儿子谢迁中了状元，做了宰辅；孙子谢丕，又考中了探花。

莆田林氏，先世有老母好善，常作粉团①施人，求取即与之，无倦色。一仙化为道人，每旦索食六七团。母日日与之，终三年如一日，乃知其诚也。因谓之曰："吾食汝三年粉团，何以报汝？府后有一地，葬之，子孙官爵，有一升麻子②之数。"其子依所点葬之，初世即有九人登第，累代簪缨③甚盛，福建有"无林不开榜"之谣。

✤ 注释

① 粉团：一种食物，用糯米制成，外裹芝麻，在油中炸熟，与现在的麻团类似。
② 麻子：一种农作物，形似芝麻，枝高1米以上，籽粒同绿豆大小，外壳薄脆，内肉质香，可用于榨油。
③ 簪缨：古代显贵者的冠饰，比喻高官显宦。

❤ 译文

莆田的林家，祖上有位老妇人喜欢做善事，常常做一些粉团布施给他人，只要有人索要，老妇人便给对方，没有丝毫的厌倦。一个神仙化作道人，每天早上索要六七个粉团。老妇人每天都给他，三年如一日，不曾停歇。神仙知道她是真心诚意地做善事，于是对她说："我吃了你三年的粉团，该怎么报答你呢？你家后面有一块

地,你死后葬在那里,子孙中能加官晋爵的人,会有一升麻子那么多。"她的儿子按照神仙所指的地方,把她安葬在那里,第一代后人便有九人考中科举,后世子孙中很多都成了高官,地位显赫,在福建甚至有"没有林家的人就不能放榜"的民谣流传。

冯琢庵①太史之父，为邑庠生②。隆冬早起赴学，路遇一人，倒卧雪中，扪③之，半僵矣，遂解己绵裘衣之，且扶归救苏。梦神告之曰："汝救人一命，出至诚心，吾遣韩琦④为汝子。"及生琢庵，遂名琦。

※ 注释

① 冯琢庵：冯琦，字用韫，号琢庵、胸南，山东临朐人。明万历五年（1577年）考中进士，历任编修、侍讲、礼部右侍郎、礼部尚书等职。
② 庠生：明清科举制度中府、州、县学生员的别称。因古代学校被称为"庠"，其学生遂被称作"庠生"，亦即秀才。
③ 扪：按，摸。
④ 韩琦：字稚圭，相州安阳（今河南省安阳市）人，北宋政治家、词人。

❀ 译文

太史冯琢庵的父亲在县里做秀才的时候，一次深冬早起去上学，在路上遇见一个倒卧在雪中的人，一摸，发现那人已经半僵了，于是解开自己的棉衣给他穿上，并把他扶到家中照顾，直至他苏醒。后来梦见一个天神告诉自己："你救了一个人的性命，而且是出自诚心，我将派遣韩琦来当你的儿子。"因此等生下了琢庵先生，他便取名为冯琦。

台州应尚书①，壮年习业于山中。夜鬼啸集，往往惊人，公不惧也。一夕闻鬼云："某妇以夫久客②不归，翁姑③逼其嫁人。明夜当缢死于此，吾得代矣。"公潜④卖田，得银四两，即伪作其夫之书，寄银还家。其父母见书，以手迹不类⑤，疑之。既而曰："书可假，银不可假，想儿无恙。"妇遂不嫁。其子后归，夫妇相保如初。

注释

⑤ 应尚书：指应大猷，字邦升，号容庵。正德九年（1514年）考中进士，早年曾任南京刑部主事，并因参与平定宸濠之乱获得重要功绩，后升任兵部职方司，最终官至刑部尚书。

⑥ 客：寄居或迁居外地。

⑦ 翁姑：公公婆婆。

⑧ 潜：悄悄地。

⑨ 类：相似。

译文

台州的应尚书，年轻时曾在山中学习。晚上鬼怪们聚集起来，呼号喊叫，非常吓人，但是应尚书一点也不害怕。一天晚上，他听到一个鬼说："某个妇人因为丈夫长时间寄居外地不曾回家，被公婆逼迫嫁人。明天晚上她应该会在这里上吊而死，我终于得到一个替身，可以进入轮回了。"应尚书悄悄地卖了田产，得了四两银子，便伪造了那位丈夫的家信，随信还寄了银两回来。丈夫的父母见到，因为笔迹不同，所以有点怀疑信的真假。但又觉得，信可能有假，但是银子不可能作假，想来儿子应该是安然无恙。于是便不再逼儿媳改嫁了。后来那位丈夫回家了，夫妻二人像以前那样生活在一起。

公又闻鬼语曰:"我当得代,奈此秀才坏吾事。"
旁一鬼曰:"尔何不祸①之?"
曰:"上帝以此人心好,命作阴德尚书矣,吾何得而祸之?"
应公因此益自努励,善日加修,德日加厚。遇岁饥,辄捐谷②以赈之;遇亲戚有急,辄委曲③维持;遇有横逆④,辄反躬自责,怡然顺受。子孙登科第者,今累累也。

※ 注释

① 祸:祸害,损害。
② 捐谷:捐献粮食。
③ 委曲:曲意迁就,此处指殷勤周到。
④ 横逆:强暴无礼的举动。

❈ 译文

后来应尚书又听到之前的那个鬼说:"我本来可以有个替身,怎奈这个秀才坏我的好事。"

旁边的一个鬼说:"你为什么不给他降下灾祸呢?"

那鬼回答说:"上天因为这个人的善心,已经暗中让他做尚书了,我怎么能给他降下灾祸呢?"

应尚书因此更加努力,每天都做善事,不断修行,功德每天都在增加。遇到荒年,便捐献粮食来赈灾;遇到亲戚有急事,便殷勤周到地帮忙;遇到有人强暴无礼,就反省自身的言行,心平气和地接受每一件事。他子孙后代考中科举的人,到现在已数不胜数。

常熟徐凤竹栻①，其父素富，偶遇年荒，先捐租以为同邑②之倡③，又分谷以赈贫乏，夜闻鬼唱于门曰："千不诓④，万不诓，徐家秀才，做到了举人郎。"相续⑤而呼，连夜不断。是岁，凤竹果举于乡，其父因而益积德，孳孳⑥不怠，修桥修路，斋僧接众，凡有利益，无不尽心。后又闻鬼唱于门曰："千不诓，万不诓，徐家举人，直做到都堂⑦。"凤竹官终两浙⑧巡抚。

注释

① 徐凤竹栻：徐栻，字世寅，号凤竹，明代常熟人，嘉靖二十六年（1547年）考中进士。

② 邑：县，此处指同县的人。

③ 倡：倡导，提倡，领导。

④ 诳：欺骗。

⑤ 相续：连续不断。

⑥ 孳孳（zī zī）：勤勉的样子。

⑦ 都堂：明代对都察院长官的称呼。派往外省的总督和巡抚，通常会带有都察院御史的官衔，因此也被称作"都堂"。

⑧ 两浙：浙东和浙西的合称。唐肃宗时析江南东道为浙江东道、浙江西道和福建道，钱塘江以南简称浙东，以北简称浙西。

译文

常熟徐栻的父亲向来很富有，一次遇到荒年，他先捐出钱来为同乡的人作出表率，又把家里的粮食捐献出来接济贫困的人们。晚上听到有鬼在门外唱歌："千不骗，万不骗，徐家的秀才，做到了举人郎。"声音一整夜连续不断。这年徐栻果然考中了举人，他父亲因此更加注重积德行善，非常勤勉从不懈怠，修桥修路，为僧人准备斋饭，救济他人，凡是对他人有利的事，没有不尽心的。后来又听到有鬼在门外唱歌："千不骗，万不骗，徐家的举人，做官做到了都堂。"后来徐栻果然做了两浙巡抚。

嘉兴屠康僖公①，初为刑部主事，宿狱中，细询诸囚情状，得无辜者若干人。公不自以为功，密疏②其事，以白堂官③。后朝审④，堂官摘其语，以讯诸囚，无不服者，释冤抑⑤十余人。一时辇下⑥咸颂尚书之明。

公复禀曰："辇毂之下，尚多冤民，四海之广，兆民之众，岂无枉者？宜五年差一减刑官，核实而平反之。"

尚书为奏，允其议。时公亦差减刑之列，梦一神告之曰："汝命无子，今减刑之议，深合天心，上帝赐汝三子，皆衣紫腰金⑦。"是夕夫人有娠，后生应壎、应坤、应埈，皆显官⑧。

※ 注释

① 屠康僖公：屠勋（1446—1516），字元勋，号东湖，自幼聪颖异常，年少时便以博学多才、通达经史而闻名乡里。成化五年（1469年）考中进士，为官清廉，办事干练。
② 密疏：密奏。
③ 堂官：明清对尚书、侍郎等中央各部长官的通称，因在各衙署大堂上办公而得名。
④ 朝审：明清两代由朝廷派遣官员会审死刑案件的制度。每年霜降后，三法司（刑部、都察院、大理寺）负责复审已判死刑但尚未执行的案件。相关犯罪情节将被摘要

整理成册，送交九卿等官员进行详细审查。根据情节轻重，案件会被分为"情实""缓决""可矜""留养承嗣"等类。

⑤ 冤抑：冤屈，冤枉。

⑥ 辇下：辇毂之下。辇毂，天子的车驾，指天子，亦指京师。

⑦ 衣紫腰金：身穿紫袍，腰佩金银玉带，大官装束，亦指做大官。

⑧ 显官：达官，显贵。

❖ 译文

嘉兴的屠勋先生，一开始是刑部主事，晚上住在大牢中，详细询问犯人们的案情，发现有许多无辜的人。屠勋并不把这当成自己的功劳，他悄悄地把冤情写明，呈给刑部尚书。后来朝审的时候，刑部尚书便根据屠勋的奏文来审问犯人们，没有人不心服口服，于是释放了十多个被冤枉的人。一时间京城的人都在赞颂尚书大人的英明。

屠勋先生又禀报道："天子脚下尚且有那么多冤民，天下那么大，有上千万的百姓，怎么可能没有被冤枉的人呢？应该每五年派遣一个减刑官，核查案件真相，为被冤枉的人平反。"

刑部尚书把这件事上奏给皇帝，皇帝接受了这个提议。当时屠勋先生也在减刑官的行列中，有一天他梦见一个神，神告诉他说："你本来命里没有子嗣，现在因为减刑的提议非常合乎上天的旨意，上天会赐给你三个孩子，而且他们将来全都会做大官，能身穿紫袍，腰佩金银玉带。"这天晚上他的夫人便有了身孕，后来生下了屠应埙、屠应坤、屠应埈，这三人最终都成了达官显贵。

嘉兴包凭,字信之,其父为池阳太守,生七子,凭最少,赘①平湖袁氏,与吾父往来甚厚。博学高才,累举不第,留心二氏②之学。一日东游泖湖,偶至一村寺中,见观音像,淋漓露立,即解橐③中得十金,授主僧④,令修屋宇,僧告以功大银少,不能竣事。复取松布四匹,检箧中衣七件与之,内纻褶⑤,系新置,其仆请已之,凭曰:"但得圣像无恙,吾虽裸裎⑥何伤?"僧垂泪曰:"舍银及衣布,犹非难事。只此一点心,如何易得。"

　　后功完,拉老父同游,宿寺中。公梦伽蓝⑦来谢曰:"汝子当享世禄矣。"后子汴,孙柽芳,皆登第,作显官。

※ 注释

① 赘:入赘。
② 二氏:指佛、道两家。

③ 橐（tuó）：口袋。
④ 主僧：佛寺的住持，主事的僧人。
⑤ 纻裯：苎麻面料的夹袄。纻，苎麻织成的粗布。
⑥ 裸裎（chéng）：赤身裸体。
⑦ 伽蓝：佛教寺庙的护法神。

❈ 译文

嘉兴的包凭，字信之，他的父亲是池阳的太守，生了七个儿子，包凭最年少，入赘到平湖的袁家，与我父亲常常来往，交情很好。包凭学问广博，很有才气，但是多次参加科举都没有考中，于是就开始关注佛道两家的学说。一天，包凭到东边的泖湖游玩，偶然走入了一个村子的寺庙中，看到观音像放置在露天的地方，被淋得湿漉漉的，他立刻从口袋里拿出十两银子交给主事的僧人，让他用来修缮寺庙，僧人告诉他修缮寺庙是个大工程，这些银子太少，没办法完工。包凭又取出四匹松布，从箱子里翻捡出七件衣服交给僧人。其中有一件苎麻面料的夹袄，仆人劝说他不要再给了，包凭说："只要观音像无事，我赤身裸体又有什么关系呢？"僧人听了流着眼泪说："施舍银子、衣服、布匹，都不是难事。只是你的这一点赤诚之心，非常难得。"

后来，寺庙修缮完毕，包凭拉着父亲一同去游玩，晚上住在寺庙中。包凭梦到寺庙中的护法神来感谢他，说："你的儿子应该享受世代的官禄。"后来他的儿子包汴、孙子包柽芳考中了进士，也都成了高官。

嘉善支立之父，为刑房吏，有囚无辜陷重辟①，意哀之，欲求其生。囚语其妻曰："支公嘉意，愧无以报，明日延②之下乡，汝以身事之，彼或肯用意③，则我可生也。"其妻泣而听命。及至，妻自出劝酒，具告以夫意。支不听，卒为尽力平反之。囚出狱，夫妻登门叩谢曰："公如此厚德，晚世④所稀，今无子，吾有弱女，送为箕帚妾⑤，此则礼之可通者。"支为备礼而纳之，生立，弱冠中魁⑥，官至翰林孔目⑦。立生高，高生禄，皆贡为学博⑧。禄生大纶，登第。

❋ 注释

① 重辟：极刑，死罪。

② 延：邀请。

③ 用意：用心解决问题。

④ 晚世：近世，近年来。

⑤ 箕帚妾：持箕帚的奴婢，借作妻妾之谦称。

⑥ 中魁：考了第一名。魁，魁首，第一名。

⑦ 翰林孔目：官名，翰林院典簿厅所属文书人员。

⑧ 学博：教授五经的学官。

❖ 译文

嘉善人支立的父亲，还是刑房的小吏时，有个囚犯是无辜的，但因他人陷害最终被判了死刑，支立的父亲觉得他非常可怜，想要为他求情，使其免除死罪。这位囚犯对妻子说："支先生的好意，让我很惭愧，无以为报，明天你邀请他到家里，用身体侍奉他，他或许就会尽力帮我，我也可以活下来了。"妻子哭泣着听从了这个命令。等支先生到了，妻子亲自出来劝酒，将丈夫的意思全部告诉了他。支先生不听从，仍然尽力为囚犯奔走，最终使其平反。囚犯出狱后，夫妻二人登门叩谢："先生你这样厚德的人，近年来都非常少有，现在您仍然没有儿子，我有一个女儿，愿意送给您做小妾，这在礼法上是说得通的。"支先生便准备了聘礼迎娶囚犯的女儿为妾，生下了支立，支立二十岁便以第一名的成绩中了举人，官至翰林孔目。后来支立生了支高，支高生了支禄，他们全都做了贡生，还担任教授五经的学官。支禄的儿子支大纶，则考中了进士。

凡此十条，所行不同，同归于善而已。若复精①而言之，则善有真，有假；有端，有曲；有阴，有阳；有是，有非；有偏，有正；有半，有满；有大，有小；有难，有易，皆当深辨。为善而不穷理，则自谓行持，岂知造孽，枉费苦心，无益也。

※ 注释

① 精：精细。

❈ 译文

以上共十条，他们的行为虽然不同，但都可以归到善行中去。如果更精细地加以说明，那么善行有真的，也有假的；有直的，有曲的；有阴，有阳；有正确的，有错误的；有偏的，有正的；有半，有满；有大的，有小的；有困难的，有容易的，全都应该深入地进行分辨。做善事但不深究事物的道理，只是自以为在修行，却不知道有可能会犯下罪孽，白费了苦心，而且还没有丝毫益处。

九五

何谓真假？昔有儒生数辈，谒中峰和尚①，问曰："佛氏论善恶报应，如影随形。今某人善，而子孙不兴；某人恶，而家门隆盛，佛说无稽②矣。"

中峰云："凡情③未涤，正眼未开，认善为恶，指恶为善，往往有之。不憾④己之是非颠倒，而反怨天之报应有差乎？"

众曰："善恶何致相反？"

中峰令试言其状。

一人谓："詈人殴人是恶，敬人礼人是善。"

中峰云："未必然也。"

一人谓："贪财妄取是恶，廉洁有守是善。"

中峰云："未必然也。"

众人历言其状，中峰皆谓不然。因请问。

中峰告之曰："有益于人，是善；有益于己，是恶。有益于人，则殴人、詈人皆善也；有益于己，则敬人、礼人皆恶也。是故人之行善，利人者公，公则为真；利己者私，私则为假。又根心⑤者真，袭迹⑥者假；又无为而为者真，有为而为者假，皆当自考⑦。"

※ **注释**

① 中峰和尚：元朝高僧中峰明本，俗姓孙，号中峰，法号智觉，西天目山住持。仁宗曾赐号"广慧禅师"，并赐谥"普应国师"。

② 无稽：没有根据。

③ 凡情：凡人的情感、欲望。

④ 憾：悔恨失望。

⑤ 根心：发自本心。

⑥ 袭迹：沿袭他人行径。

⑦ 考：分辨，考察。

译文

什么是真？什么是假？过去曾有几个读书人拜见中峰和尚，他们问道："佛家讲究善恶皆有报应，说报应就像影子一样，人走到哪里就跟到哪里。现在某人行善，但他的子孙却不兴旺；某人作恶，但他家业却很兴盛，看来佛家的说法是没有根据的。"

中峰和尚说："凡人的情感未被涤荡干净，看清事物的正眼还没有被打开，把善当成恶，把恶当成善，也是常有的事情。不去悔恨自己颠倒是非，反而埋怨上天的报应有错，这是什么道理？"

众人说："怎么可能会把善恶弄反呢？"

中峰和尚让他们试着举例来说明。

一个人说："骂人、打人是恶，尊敬他人、以礼待人是善。"

中峰和尚说："未必是这样。"

一个人说："贪图钱财、不正当地获取钱财是恶，廉洁、坚守原则是善。"

中峰和尚说："未必是这样。"

众人都说了自己的看法，中峰和尚认为都不正确。于是众人便向中峰和尚请教。

中峰回答他们说："对他人有益是善，对自己有益是恶。如果对他人有益处，那么，即使是打人、骂人也是善；对自己有益处，那么即使是尊敬他人、以礼待人也都是恶。所以说人们行善，对他人有利是为公，为公的善是真的善；对自己有利是为私，为私则是假的善。发自本心的善是真的善，沿袭他人的行为则是假的善；无心为善而做善事是真的善，出于某种目的而行善则是假的善，这些都应该仔细分辨。"

九九

何谓端曲？今人见谨愿①之士，类称为善而取之；圣人则宁取狂狷②。至于谨愿之士，虽一乡皆好，而必以为德之贼③。是世人之善恶，分明与圣人相反。推此一端，种种取舍，无有不谬。天地鬼神之福善祸淫，皆与圣人同是非，而不与世俗同取舍。凡欲积善，决不可徇④耳目，惟从心源⑤隐微处，默默洗涤。纯是济世之心，则为端；苟有一毫媚世⑥之心，即为曲。纯是爱人之心，则为端；有一毫愤世⑦之心，即为曲。纯是敬人之心，则为端；有一毫玩世⑧之心，即为曲。皆当细辨。

✻ 注释

① 谨愿：谨慎，诚实。
② 狂狷：指志向高远的人与不拘一格的人。
③ 德之贼：道德的败坏者。贼，破坏，侵害。
④ 徇：遵从，依从。
⑤ 心源：心性。佛教认为心是万法之源。
⑥ 媚世：取悦世人。
⑦ 愤世：愤恨世事的不平。
⑧ 玩世：以不严肃的态度对待现实生活。

❖ 译文

什么是直？什么是曲？现在我们见到谨慎诚实的人，就全都把他们当成善人，并且认为他们的做法可取；但圣人则宁愿欣赏、赞扬狂狷之士。至于那些谨慎诚实的人，虽然同乡的人都喜欢他们，但圣人一定会认为他们是道德的败坏者。所以说世人眼中的善与恶，与圣人的看法截然相反。从这一点推测，世间人们的种种取舍，没有不是错误的。天地鬼神为善行降下福报、为恶行降下灾祸，都与圣人有相同的是非标准，但与世俗之人的取舍无法苟同。凡是想要积累善行的人，绝对不可以只依从自己所看到的、所听到的（表面现象去做），只能从内心最隐蔽微小的地方出发，默默洗涤自己那些不好的想法。纯粹出于济世救民之心就是直，心里有一丝一毫讨好世俗的念头便是曲。纯粹出于爱人之心就是直，心里有一丝一毫愤恨世事的不平便是曲。纯粹出于对他人的尊敬就是直，心里有一丝一毫玩世不恭的念头便是曲。这些都应该仔细地分辨。

何谓阴阳?凡为善而人知之,则为阳善;为善而人不知,则为阴德。阴德,天报之;阳善,享世名。名,亦福也。名者,造物所忌。世之享盛名而实不副者,多有奇祸①;人之无过咎②而横被恶名者,子孙往往骤发,阴阳之际③微矣哉。

注释

① 奇祸:出人意料、不同寻常的灾祸。
② 过咎:过失,错误。
③ 际:边际,界限。

译文

什么是阴?什么是阳?凡是做善事想让别人知道的,就是阳善;做善事不让人知道的,就是阴德。有阴德的人,上天会回报他;有阳善的人,在世间享有美名。名声也是一种福报。同时,名声也是造物主所忌讳的东西。世间享有盛名但名不副实的人,常常会遭遇出人意料的灾祸;没有过错却无辜背上恶名的人,子孙往往会突然发迹,阴与阳的界限非常微妙。

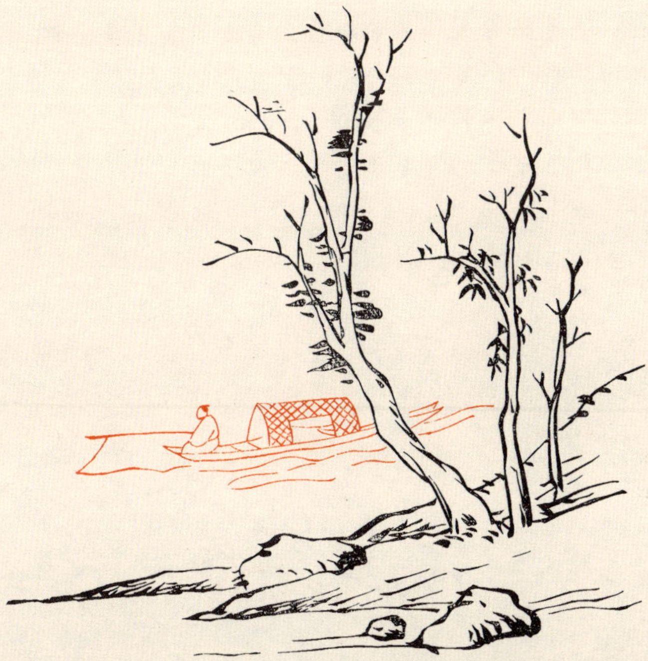

何谓是非？鲁国之法，鲁人有赎人臣妾①于诸侯，皆受金于府②。子贡③赎人而不受金。孔子闻而恶之曰："赐失之矣。夫圣人举事④，可以移风易俗，而教道可施于百姓，非独适己之行也。今鲁国富者寡而贫者众，受金则为不廉，何以相赎乎？自今以后，不复赎人于诸侯矣。"

子路⑤拯人于溺，其人谢之以牛，子路受之。孔子喜曰："自今鲁国多拯人于溺矣。"

※ 注释

① 臣妾：此处指地位低贱的奴隶，《尚书传》："役人贱者，男曰臣女曰妾。"
② 府：官府。
③ 子贡：端木赐，字子贡，春秋末卫国人，孔子学生，才思敏捷，善于辞令。
④ 举事：行事，做事。
⑤ 子路：仲由，字子路，又字季路，春秋时期鲁国卞人，孔子学生，性直爽勇敢。

※ 译文

什么是正确的？什么是错误的？按照鲁国的律法，从其他诸侯国赎出那些被俘虏过去做奴隶的人，都能从官府得到赏金。子贡赎出了奴隶但不接受赏金。孔子听说后很不高兴地说："是子贡做错了。圣人做事，可以改变旧有的不良风俗，将好的教化传递给百姓，不是只为了满足自己去行事。现在鲁国富有的人少贫穷的人多，如果接受赏金就是不廉洁，那还有谁会愿意去赎人呢？恐怕从今以后，将不再有人从其他诸侯国那里赎人了。"

子路救了一个溺水的人，那人送了一头牛来感谢子路，子路接受了这个谢礼。孔子高兴地说："从今以后鲁国中一定会有很多人愿意去救溺水的人。"

自俗眼观之，子贡不受金为优，子路之受牛为劣，孔子则取由而黜①赐焉。乃知人之为善，不论现行而论流弊②；不论一时而论久远；不论一身而论天下。现行虽善，而其流足以害人，则似善而实非也；现行虽不善，而其流足以济人，则非善而实是也。然此就一节论之耳，他如非义之义，非礼之礼，非信之信，非慈之慈，皆当抉择。

※ 注释

① 黜：贬低。
② 流弊：某事起的坏作用。

❖ 译文

在世俗之人的眼中，子贡不接受赏金是高尚的，子路接受牛是不好的，然而孔子却赞扬子路责备子贡。由此可以知道，人们做善事时，不是要考虑现在的行为，而是要考虑其是否会产生坏的影响；不要考虑一时的效果，而要考虑长远的影响；不要只考虑自身的毁誉，而要考虑天下的风气。有时当前所做的事虽然看似是善的，但其延续下来的结果足以害人，实际上不是善事；有时当前的行为看似不善，但其延续下来的结果可以帮助世人，实际上是善事。然而这还只是就这一部分情况来讨论，其他还有看似不义但实际上是有义的，看似无礼但实际上是有礼的，看似无信但实际上是有信的，看似不慈爱但实际上是慈爱的，这些都应该仔细分辨抉择。

一○七

何谓偏正？昔吕文懿公①初辞相位，归故里，海内仰之，如泰山北斗②。有一乡人醉而詈之，吕公不动，谓其仆曰："醉者勿与较也。"闭门谢之。逾年，其人犯死刑入狱。吕公始悔之曰："使当时稍与计较，送公家③责治，可以小惩而大戒。吾当时只欲存心于厚，不谓养成其恶，以至于此。"此以善心而行恶事者也。

又有以恶心而行善事者。如某家大富，值岁荒④，穷民白昼抢粟于市。告之县，县不理，穷民愈肆⑤，遂私执而困辱之，众始定，不然，几乱矣。故善者为正，恶者为偏，人皆知之。其以善心而行恶事者，正中偏也；以恶心而行善事者，偏中正也，不可不知。

※ 注释

① 吕文懿公：明朝大臣吕原，字逢原，号介庵，正统七年（1442年）考中进士，授翰林院编修。

② 泰山北斗：比喻在某一领域中享有崇高声誉、受人敬仰的人。出自《新唐书·韩愈传赞》："自愈没，其言大行，学者仰之如泰山北斗云。"

③ 公家：官府。

④ 岁荒：收成坏，荒年。

⑤ 肆：放肆，放纵。

❖ 译文

什么是偏？什么是正？从前，吕文懿公刚刚辞去宰相一职回到故乡时，全天下的人都敬仰他，就像看待泰山和北斗星一样。有一个同乡喝醉了后辱骂吕公，吕公不为所动，还对仆人说："不必与喝醉了的人计较。"于是关起门来，不再见那人。第二年，那人犯了死罪被捕入狱。吕公这才后悔地说："假如当时能稍微跟他计较一下，把他送到官府接受责罚，便可以通过小小的惩罚来警告他。我当时只是想着要心存仁厚，没想到让他养成了恶习，以至于到了今天的这个地步。"这就是存善心却做了坏事的例子。

也有存坏心却做了好事的例子。有一家人非常富裕，正赶上荒年，穷困的百姓们光天化日之下在市场上抢夺粮食。富人禀报给县官，县官却置之不理，穷困的百姓们便越来越放肆。富人私下里把作乱的人抓了起来，这些人才安定了下来。如果不是这样，很可能会造成大动乱。所以说做善事是正，做坏事是偏，这是大家都知道的。出于善心却做了坏事，是正中的偏；出于坏心却做了好事，是偏中的正，这些道理不可以不知道。

何谓半满?《易》曰:"善不积,不足以成名;恶不积,不足以灭身①。"《书》曰:"商罪贯盈②,如贮物于器。"勤而积之,则满;懈而不积,则不满。此一说也。

昔有某氏女入寺,欲施而无财,止有钱二文,捐而与之,主席③者亲为忏悔。及后入宫富贵,携数千金入寺舍之,主僧惟令其徒回向而已。

因问曰:"吾前施钱二文,师亲为忏悔;今施数千金,而师不回向,何也?"

曰:"前者物虽薄,而施心甚真,非老僧亲忏,不足报德;今物虽厚,而施心不若前日之切④,令人代忏足矣。"此千金为半,而二文为满也。

※ 注释

① 灭身：毁灭身体，即死亡。
② 贯盈：这里指罪恶极大。贯是指古代穿钱的绳索，把方孔钱穿在绳子上，每一千个为一贯。
③ 主席：寺庙住持。
④ 切：真切，真诚。

❖ 译文

什么是半？什么是满？《易经》中说："一个人如果不积累善行，就不足以功成名就；一个人如果没有积累恶行，就不会招致杀身之祸。"《尚书》中说："商纣王罪恶之大，如绳子穿满了铜钱，如容器装满了东西。"勤勉地积攒，就会满；懈怠而不去积攒，那便是不满。这是半和满的一种说法。

从前某女子到寺庙中，想要布施却只有二文钱，便全部捐献给了寺庙，庙中的住持亲自为她忏悔。后来这个女子入宫为妃变得富贵了，带着几千两银子到寺庙中布施，住持只是让他的徒弟为女子回向。

于是女子问道："我之前只是布施了二文钱，师父您亲自为我忏悔；今日我布施了几千两银子，您却不为我回向，这是为什么呢？"

住持回答道："前一次布施的钱财虽少，但是你布施的心是真诚的，如果不是老僧我为你忏悔，不足以回报你的恩德；今日的钱财虽然多，但是你布施的心却不像之前那样恳切、真诚，让他人为你忏悔就足够回报你了。"在这个例子中，布施几千两银子是半，布施二文钱是满。

钟离①授丹于吕祖②，点铁为金，可以济世。

吕问曰："终变否？"

曰："五百年后，当复本质。"

吕曰："如此则害五百年后人矣，吾不愿为也。"

曰："修仙要积三千功行，汝此一言，三千功行已满矣。"此又一说也。

❋ 注释

① 钟离：钟离权，姓钟离，名权，字云房，一字寂道，号正阳子，又号和谷子。也是道教传说八仙中的汉钟离。
② 吕祖：吕洞宾，名岩，字洞宾，道号纯阳子，自称回道人。

❋ 译文

钟离权传授给吕洞宾一个丹方，学会后就能点铁成金，从而救世济民。

吕洞宾问道："金子最终会变回铁吗？"

钟离权回答说："五百年以后，金子会变回原来的铁。"

吕洞宾说："这样的话就害了五百年以后的人，我不愿意这样做。"

钟离权说："修仙要积攒三千件功德，你的这一句话，三千件功德修行已经圆满了。"这是半和满的又一个例子。

竹参差　秋薯之方

又为善而心不着①善，则随所成就，皆得圆满。心着于善，虽终身勤励②，止于半善而已。譬如以财济人，内不见己，外不见人，中不见所施之物，是谓三轮体空③，是谓一心清净，则斗粟可以种无涯之福，一文可以消千劫之罪。倘此心未忘，虽黄金万镒④，福不满也。此又一说也。

❋ 注释

① 着：执着。
② 勤励：勤苦奋勉。

③ 三轮体空：又称三事皆空、三轮清净。指在布施时对施者、受者和所施之物三轮的执着全部消除，达到三轮皆空的境界。
④ 镒：古代重量单位，一镒合二十两。

❖ 译文

　　另外，做善事的时候内心不执着于善事本身，那么做任何善事都会有圆满的结果。内心执着于行善，那么即使一生都勤勉地行善，最终也不过是止步于半善。比如，用钱财救济他人，对内不考虑自己，对外不执着于他人，中间不执着于布施出去的财物，这就是所谓的三轮体空，是一心清净。如此，即使拿出一斗小米，也可以种下无尽的福分；即使拿出一文钱，也可以抵消千万年的罪孽。如果心中不能忘记所做的善事，那么即使拿出几十万两黄金，福报也不能圆满。这是半与满的又一种说法。

何谓大小？昔卫仲达为馆职①，被摄②至冥司③，主者命吏呈善恶二录，比至，则恶录盈庭，其善录一轴，仅如箸④而已。索秤称之，则盈庭者反轻，而如箸者反重。

仲达曰："某年未四十，安得过恶如是多乎？"

曰："一念不正即是，不待犯也。"

因问轴中所书何事，曰："朝廷尝兴大工，修三山石桥，君上疏谏之，此疏稿⑤也。"

仲达曰："某虽言，朝廷不从，于事无补，而能有如是之力？"

曰："朝廷虽不从，君之一念，已在万民；向使听从，善力更大矣。"

故志在天下国家，则善虽少而大；苟在一身，虽多亦小。

※ 注释

① 馆职：唐宋于昭文馆、史馆、集贤院等处担任修撰、编校等工作的官职。

② 摄：抓，捉。

③ 冥司：阴间。

④ 箸：筷子。

⑤ 疏稿：奏疏的草稿。

译文

什么是大？什么是小？从前有个叫卫仲达的人，从事修撰相关的工作，一天他被捉到阴间去了，阴间的主事者命手下的鬼吏把记录他在阳间所做善行、恶行的册子呈上来。等到这两份册子送到后，记录恶行的册子堆满了庭院，而记录善行的册子竟只有一个小卷轴，跟筷子一样粗。拿秤称量两者的重量，堆满了院子的恶行册子反而轻，像筷子一样粗的善行册子反而重。

卫仲达问道："我年龄还不到四十岁，怎么会有那么多的过错、恶行？"

主事者回答："对于一个念头来说，只要不是正确的，便是过错，不用等到犯了之后再去记录。"

卫仲达又问善行卷轴里写的是什么事，主事者回答："朝廷曾经大兴土木，修建山石桥，你上奏劝谏了这件事，这是你奏章的草稿。"

卫仲达说："我虽然进谏了，但朝廷没有听从，也并没有使这件事情得到补救，怎么会有那么大的力量？"

主事者回答："朝廷虽然没有听从你的谏言，但你能有这样的念头，便已经功在万民；如果朝廷听从了你的谏言，这一善行的功德会更大。"

所以说心怀国家天下，即使善行少，功德也会很大；如果只关注自身，即使善行多，功德也会很小。

何谓难易？先儒①谓克己②须从难克处克将去。夫子论为仁，亦曰先难。必如江西舒翁，舍二年仅得之束脩③，代偿官银④，而全人夫妇；与邯郸张翁，舍十年所积之钱，代完赎银⑤，而活人妻子，皆所谓难舍处能舍也。如镇江靳翁，虽年老无子，不忍以幼女为妾，而还之邻，此难忍处能忍也，故天降之福亦厚。凡有财有势者，其立德皆易，易而不为，是为自暴。贫贱作福皆难，难而能为，斯可贵耳。

❋ 注释

① 先儒：先世儒者。
② 克己：克制，约束自己。
③ 束脩：给老师的酬金。
④ 官银：官府的银钱。
⑤ 赎银：用以赎罪的银钱。

❖ 译文

什么是难？什么是易？先儒们说，克制自己的私欲要从最难克制的地方做起。孔夫子在讨论有关仁的问题时，也主张从难处做起。比如江西的舒老先生，拿出仅有的两年教书的收入，帮助他人偿还欠官府的钱，保全了一对夫妇；还有邯郸的张老先生，拿出了十年的所有积蓄，替人交了赎金，使其妻儿得以活命，这些都是把自己难以割舍的东西割舍给他人。再比如镇江的靳老先生，虽然年老没有儿子，但还是不忍心纳幼女为妾室，将她送还给了邻居，这是从自己难以忍耐的地方克制自己，所以上天也会降下许多福报。凡是有财有势的人，行善修德都很容易，虽然很容易却不去做，这就是自暴自弃。贫困、地位低的人行善修福都很难，虽然很难却愿意去做，这就非常可贵了。

随缘①济众，其类至繁，约言其纲②，大约有十：第一，与人为善③；第二，爱敬存心；第三，成人之美④；第四，劝人为善；第五，救人危急；第六，兴建大利；第七，舍财作福；第八，护持⑤正法；第九，敬重尊长；第十，爱惜物命。

注释

① 随缘：佛教用语，佛应众生之缘而施教化。缘，指身心对外界的感触。
② 纲：提网的总绳。比喻事物的最主要部分。
③ 与人为善：本义指与别人一同做好事，后多指善意地帮助别人。
④ 成人之美：成全别人的好事，帮助他人实现愿望。
⑤ 护持：保护维持。

译文

随缘救济众生，可做的事情类型非常多，简单地列举其主要部分，大概有十种：第一，与人为善；第二，爱敬存心；第三，成人之美；第四，劝人为善；第五，救人危急；第六，兴建大利；第七，舍财作福；第八，护持正法；第九，敬重尊长；第十，爱惜物命。

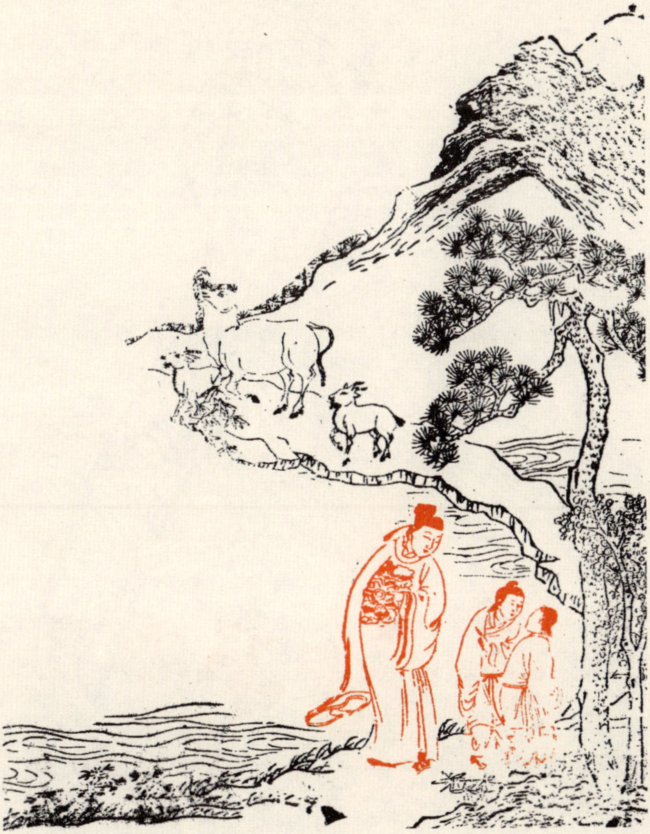

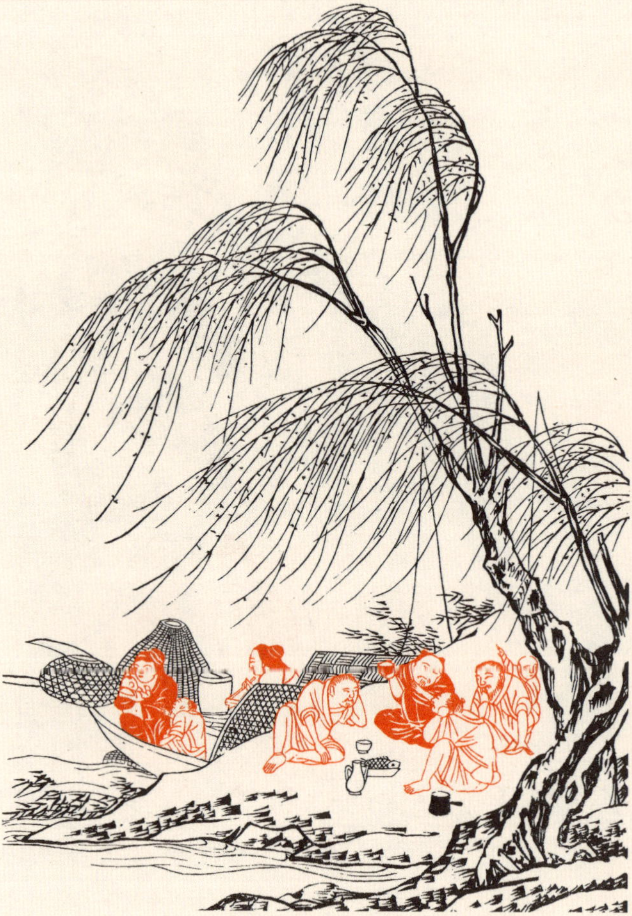

何谓与人为善？昔舜在雷泽，见渔者皆取深潭厚泽，而老弱则渔于急流浅滩之中，恻然①哀之，往而渔焉，见争者皆匿其过而不谈；见有让者，则揄扬②而取法之。期年③，皆以深潭厚泽相让矣。夫以舜之明哲④，岂不能出一言教众人哉？乃不以言教而以身转之，此良工苦心也。

注释

① 恻（cè）然：哀怜、悲伤的样子。
② 揄扬：赞扬，宣扬。
③ 期年：一年。
④ 明哲：明智。

❖ 译文

什么是与人为善？过去舜在雷泽时，发现捕鱼的人都在水较深鱼较多的地方捕鱼，而年迈体弱的人只能在水流湍急的浅滩之中捕鱼。舜非常怜悯他们，于是也去捕鱼，见到有人争夺，也不谈论他们的过错；见到有人互相谦让，就赞扬并效仿他们。一年以后，对于水深鱼多的地方，大家都互相谦让。以舜的明智，难道不能通过言语来教导众人吗？不通过言语教导，而是在身体力行中转变众人的思想，这真是用心良苦啊。

吾辈处末世①，勿以己之长而盖人，勿以己之善而形②人，勿以己之多能而困人。收敛才智，若无若虚，见人过失，且涵容③而掩覆之，一则令其可改，一则令其有所顾忌而不敢纵。见人有微长可取、小善可录，翻然④舍己而从之，且为艳称⑤而广述之。凡日用间，发一言，行一事，全不为自己起念，全是为物立则，此大人⑥天下为公之度也。

※ 注释

① 末世：也称末法，佛教术语，指的是佛教教法流传的第三个时期，即佛法衰微的时代。
② 形：比较。
③ 涵容：包容，包含。
④ 翻然：形容改变很快、很彻底。
⑤ 艳称：羡慕并赞美。
⑥ 大人：品德高尚的人。

❈ 译文

我们都身处社会风气败坏的时代，不应该用自己的长处盖过别人，不应该用自己的善行来与别人比较，不应该用自己的能力难为他人。应该收敛自己的才能智慧，就像本身没有一样；见到别人的过失，要有宽容之心，并帮助他们遮掩，如此，一方面可以让其改正过失，另一方面可以让其有所顾忌，不敢放纵自己。见到别人有一点长处可以学习，有很小的善行值得记录下来，要立刻舍弃自己的，学习他们的做法，并且还要对其大肆称赞，向大家宣扬他们的行为。在日常生活中，说的每一句话，做的每一件事，都不是出于自己的私心，而是为社会树立起正确的准则，这是品德高尚之人应有的"天下为公"的气度。

何谓爱敬存心？君子与小人，就形迹①观，常易相混，惟一点存心处，则善恶悬绝②，判然③如黑白之相反。故曰：君子所以异于人者，以其存心也。君子所存之心，只是爱人敬人之心。盖人有亲疏贵贱，有智愚贤不肖④，万品⑤不齐，皆吾同胞，皆吾一体，孰非当敬爱者？爱敬众人，即是爱敬圣贤；能通众人之志，即是通圣贤之志。何者？圣贤之志，本欲斯世斯人，各得其所。吾合⑥爱合敬，而安一世之人，即是为圣贤而安之也。

注释

① 形迹：举止神色。
② 悬绝：相差极远。
③ 判然：形容特别分明。
④ 不肖：品性不正。
⑤ 万品：万物，万类。
⑥ 合：全部。

译文

什么是爱敬存心？君子和小人，如果只从举止神色上观察，常常容易混淆，只有存心这一点，善和恶相差极远，就好像黑与白那样分明。所以说君子之所以与常人不同，就在于他们的存心。君子所存之心，是爱护他人、尊敬他人的心。人有亲近疏远、高贵低贱之分，有智慧愚蠢、贤明不肖之别，形形色色参差不齐，但都是我的同胞，都与我是一体的，难道有哪一个不应该被尊敬爱护吗？爱护尊敬众人，就是爱护尊敬圣贤；能够与众人心志相通，即是与圣贤心志相通。这是为什么呢？圣贤之心志，本来就是要这个世界的所有人各得其所。我用所有的爱与敬重来安定这个世界的人，就是代替圣贤来做这件事。

何谓成人之美？玉之在石，抵掷则瓦砾，追琢①则圭璋②。故凡见人行一善事，或其人志可取而资可进，皆须诱掖③而成就之。或为之奖借④，或为之维持，或为白⑤其诬而分其谤，务使之成立而后已。

大抵人各恶其非类⑥，乡人之善者少，不善者多。善人在俗，亦难自立。且豪杰铮铮，不甚修形迹，多易指摘⑦。故善事常易败，而善人常得谤。惟仁人长者，匡直⑧而辅翼⑨之，其功德最宏。

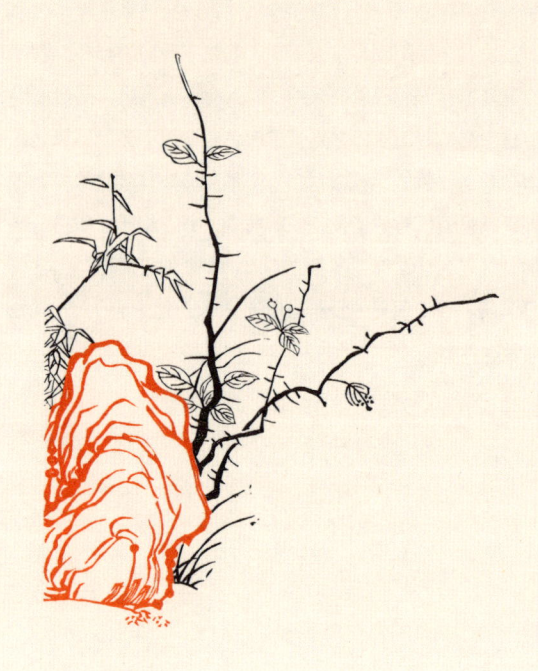

❋ 注释

① 追琢：雕琢，雕刻。
② 圭璋：贵重的玉器。
③ 诱掖：引导扶植。
④ 奖借：称赞推许。
⑤ 白：辩白。
⑥ 非类：与自己意见不同的人。
⑦ 指摘：指责，指出错误，给以批评。
⑧ 匡直：匡正，端正。
⑨ 辅翼：辅佐，辅助。

❖ 译文

　　什么是成人之美？玉本藏在石头中，如果随意丢掷，那与瓦片石块没有什么区别。如果认真雕琢，便能成为贵重的玉器。所以凡是见到一个人做了善事，或者这个人的志向有可取之处、资质有进步的潜力，都应该引导他使其有所成就。或者奖赏称赞他，或者协助扶持他，或者为遭诬者辩白、为遭谤者受过，务必直到他有所成就再停止。

　　大概人们都厌恶与自己不同的人，乡里善良的人少，不善的人多。善良的人在俗世中很难自立。豪杰大多刚正不阿，不太注重外在形象和细节，大多容易遭受指责和挑剔。所以说做善事常常容易失败，而善良的人也常常遭受诽谤。只有仁义的长者去匡正并辅佐他，他才能有最宏大的功德。

何谓劝人为善？生为人类，孰无良心①？世路役役②，最易没溺③。凡与人相处，当方便提撕④，开其迷惑。譬犹长夜大梦，而令之一觉；譬犹久陷烦恼，而拔之清凉，为惠最溥⑤。韩愈云："一时劝人以口，百世劝人以书。"较之与人为善，虽有形迹，然对症发药，时有奇效，不可废也。失言失人⑥，当反吾智。

※ 注释

① 良心：善良之心。
② 役役：劳苦不休的样子。
③ 没溺：沉没，沉迷。
④ 提撕：警觉，提醒。
⑤ 溥：广大。
⑥ 失言失人：失言，说话不得当；失人，失去了可交往的人。出自《论语·卫灵公》："可与言而不与之言，失人；不可与言而与之言，失言。"

❈ 译文

什么是劝人为善呢？生之为人，怎可没有良心呢？世人劳苦不休，最容易迷失自我。因此，只要与人相处，就应在方便时提醒对方，帮其解开困惑。就像一语惊醒梦中人，就像将其拉出烦恼泥沼，终至心静如水：这种恩惠是最广大的。韩愈曾说过："一时规劝别人要用口，想要劝说百世的人就要用书。"这种方法和与人为善相比，虽然会显露形迹，但却是对症下药，常常会有神奇的效果，所以不可以废除它。说话不得当或失去了可交往的人，都应该反思是不是自己智慧不够。

何谓救人危急？患难颠沛①，人所时有。偶一遇之，当如痌瘝②之在身，速为解救。或以一言伸其屈抑，或以多方济其颠连③。崔子④曰："惠不在大，赴人之急可也。"盖仁人之言哉！

何谓兴建大利？小而一乡之内，大而一邑之中，凡有利益，最宜兴建。或开渠导水，或筑堤防患；或修桥梁，以便行旅⑤；或施茶饭，以济饥渴；随缘劝导，协力兴修，勿避嫌疑，勿辞劳怨。

注释

① 颠沛：穷困，受挫折。

② 痌瘝（tōng guān）：病痛，疾苦。

③ 颠连：困顿不堪，困苦。

④ 崔子：明代学者崔铣，字子钟，又字仲凫，号后渠，又号洹野，世称后渠先生。

⑤ 行旅：行人，路过的旅客。

译文

什么是救人危急呢？遭遇困难、颠沛流离是所有人时常遇到的情况。偶尔遇到一个这样的人，应该像病痛在自己身上一样，尽快把他解救出来。或者说一句话为他伸张冤屈，或者用多种方式帮助他摆脱困苦。崔铣先生曾说过："恩惠不在大小，只要在一个人遇到危急时能够帮助他即可。"这就是仁者之言。

什么是兴建大利？小到一乡之内，大到一县之内，凡是对他人有益处的事，都应该去做。或者是开渠引水，或者是筑堤防患；或者是修建桥梁，为行人提供便利；或者是布施茶饭，帮助饥渴的人；只要有机会便劝导大家，齐心协力做有益的事，不要避嫌，也不要躲避辛劳和抱怨。

何谓舍财作福？释门万行，以布施为先。所谓布施者，只是舍之一字耳。达者内舍六根①，外舍六尘②，一切所有，无不舍者。苟非能然，先从财上布施。世人以衣食为命，故财为最重。吾从而舍之，内以破吾之悭③，外以济人之急。始而勉强，终则泰然④，最可以荡涤私情，祛除执吝⑤。

✹ 注释

① 六根：佛教术语，指眼、耳、鼻、舌、身、意六官，"根"字取"能生"之义。佛教认为，六根具有感知六境（色、声、香、味、触、法），产生相应六识（眼识、耳识、鼻识、舌识、身识、意识）的功能。

② 六尘：尘，接触的对象。佛教将心和感官接触的对象分成色、声、香、味、触、法（指心所对的境）六尘。

③ 悭（qiān）：吝啬，小气。

④ 泰然：不放在心上，自在而从容。

⑤ 执吝：悭吝不化。

❈ 译文

什么是舍财作福？在佛家上万种行善积德的方法中，布施财物是最重要的。所谓布施，重点在"舍"这个字上。通达的人对内可以舍弃六根，对外可以舍弃六尘，自己拥有的一切，没有不能舍弃的。如果还不能做到这种程度，可以先从布施财物开始。世人都靠衣服食物维持生命，所以把财物看成最重要的东西。我却把财物舍弃掉，对内可以破除我的吝啬之心，对外可以帮助那些陷入危机中的人。开始舍弃的时候可能会有些勉强，最终一定会变得从容自若，这样最有利于自己将私情涤荡干净，去除身上的悭吝不化。

何谓护持正法？法者，万世生灵之眼目也。不有正法，何以参赞①天地？何以裁成万物？何以脱尘离缚②？何以经世③出世④？故凡见圣贤庙貌、经书典籍，皆当敬重而修饬之。至于举扬正法，上报佛恩，尤当勉励。

❋ 注释

① 参赞：指人与天地自然间的参与和调节作用。
② 脱尘离缚：脱离凡尘世俗的束缚。
③ 经世：指治理国事或阅历世事。
④ 出世：超脱人世的束缚。

❖ 译文

什么是护持正法？所谓的法，是万世生灵的眼睛。没有正法，怎么参与到天地造化中去呢？怎么使世间万物有序地生长呢？怎么脱离世俗和凡尘的束缚呢？怎么治理世事直至超脱于人世呢？所以凡是见到圣贤的庙宇、塑像、画像、经书典籍，都应该怀着敬重之心修缮整理。至于弘扬正法，报答佛祖的恩德，尤其应该劝勉和鼓励。

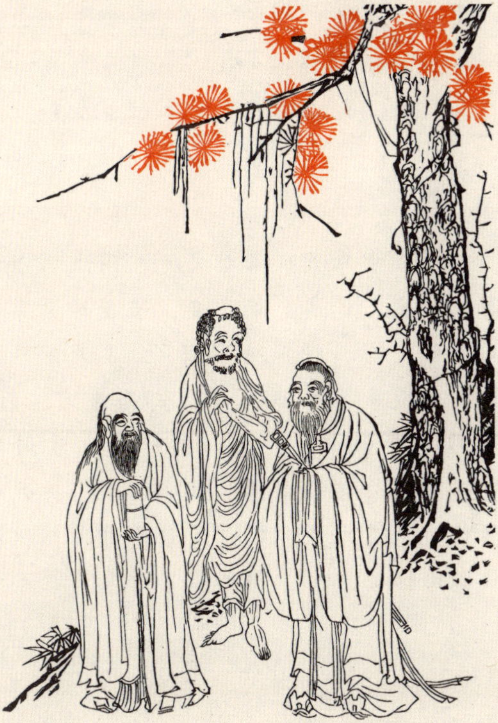

何谓敬重尊长？家之父兄，国之君长，与凡年高、德高、位高、识高者，皆当加意奉事。在家而奉侍父母，使深爱婉容①，柔声下气，习以成性，便是和气格天之本。出而事君，行一事，毋谓君不知而自恣②也。刑一人，毋谓君不知而作威③也。事君如天，古人格论④，此等处最关阴德。试看忠孝之家，子孙未有不绵远而昌盛者，切须慎之。

※ 注释

① 婉容：和婉的容态。

② 自恣：放纵自己，不受约束。

③ 作威：利用威权滥施刑罚。

④ 格论：精当的言论，至理名言。

❖ 译文

什么是敬重尊长？家中的父亲、兄长，国家的君王、长官，以及所有年事高、德行高、地位高、见识高的人，都应该小心侍奉。在家中侍奉父母，应该有深切的爱护之心，和颜悦色，声音温柔，心平气和，成为习惯后自然也就融入本性之中了，这便是用和气感通上天最基本的方法。在外侍奉君王，每做一件事时，都不要觉得君王不知道而肆意妄为。每惩罚一个人时，都不要觉得君王不知道而利用权威滥施刑罚。应该像对待上天那样侍奉君王，这是古人精妙的至理名言，这些与阴德关联最紧密。来看看忠孝的人家，子孙就没有不绵延不绝且兴旺发达的。所以，务必小心谨慎。

何谓爱惜物命？凡人之所以为人者，惟此恻隐之心①而已，求仁者求此，积德者积此。《周礼》："孟春②之月，牺牲③毋用牝④。"孟子谓君子远庖厨，所以全吾恻隐之心也。故前辈有四不食之戒，谓闻杀不食，见杀不食，自养者不食，专为我杀者不食。学者未能断肉，且当从此戒之。

注释

① 恻隐之心：见到遭受灾祸或不幸的人或动物产生同情之心。

② 孟春：春季的第一个月，即农历正月。

③ 牺牲：古代指为祭祀而宰杀的牲畜。

④ 牝：雌性。

译文

什么是爱惜物命？人之所以为人，只是因为我们有恻隐之心，仁德的人追求的、德行的人积累的都是恻隐之心。《周礼》中说："正月祭祀的时候不能用母的牲畜。"孟子说，君子应该远离厨房，这也是为了保全我们的恻隐之心。所以先辈有"四不食"的戒律，也就是听到屠宰的声音，不吃；见到屠宰的场景，不吃；自己喂养的动物，不吃；专门为我屠宰的，不吃。想要学着爱惜物命，但还不能完全断绝肉食的人，应该从这几条开始。

渐渐增进，慈心愈长。不特杀生当戒，蠢动含灵①，皆为物命。求丝煮茧，锄地杀虫，念衣食之由来，皆杀彼以自活。故暴殄之孽，当与杀生等。至于手所误伤，足所误践者，不知其几，皆当委曲防之。古诗云："爱鼠常留饭，怜蛾不点灯。"何其仁也？

善行无穷，不能殚述②；由此十事而推广之，则万德可备矣。

※ 注释

① 蠢动含灵：蠕动的昆虫都蕴含灵性。这里泛指一切众生。
② 殚述：详尽叙述。

❖ 译文

循序渐进地履行戒律，慈悲之心就会不断增长。不仅要戒除杀生的恶习，那些蠕动的昆虫其实也有灵性，是有生命的。为了获取蚕丝要把茧放在水中煮，锄地的时候会杀死土地中的虫子，想想我们衣服、粮食的由来，全都是杀死其他生命来养活自己。所以说糟蹋、浪费的罪孽，应该与杀生等同。至于我们双手误伤的生命、双脚不小心踩死的生命，不知道有多少，这些都应该小心避免。古诗中说："爱护老鼠便会给它留出剩饭，怜惜飞蛾便不会点燃灯火。"这是多么的仁慈啊。

善行是无穷无尽的，不能详尽叙述出来。只要将这十件事推行并发扬光大，所有的功德也就完备了。

一四三

第肆篇 謙德之效

《易》曰:"天道亏盈而益谦,地道变盈而流谦,鬼神害盈而福谦,人道恶盈而好谦。"是故谦之一卦,六爻①皆吉。《书》曰:"满招损,谦受益。"予屡同诸公应试②,每见寒士③将达,必有一段谦光可掬。

注释

① 爻:组成卦符的基本符号。
② 应试:参加考试。
③ 寒士:指出身于贫寒、低微家庭的读书人。

译文

《易经》说:"天道让盈满的人亏损,让谦虚的人获益;地道使盈满转向谦虚;鬼神会损害盈满者,降福于谦虚者;人道厌恶盈满喜好谦虚。"因此谦卦中的每一爻都是吉利的。《尚书》也说:"盈满会招致亏损,谦虚会收获益处。"我多次与众多学子一起参加科举考试,每次见到将要发达的贫寒之士,都可以从他们身上看到谦虚的光芒。

辛未①计偕②,我嘉善同袍凡十人,惟丁敬宇宾③,年最少,极其谦虚。

予告费锦坡曰:"此兄今年必第。"

费曰:"何以见之?"

予曰:"惟谦受福。兄看十人中,有恂恂④款款⑤,不敢先人,如敬宇者乎?有恭敬顺承,小心谦畏,如敬宇者乎?有受侮不答,闻谤不辩,如敬宇者乎?人能如此,即天地鬼神,犹将佑之,岂有不发者?"

及开榜,丁果中式⑥。

※ 注释

① 辛未：此处指 1571 年。
② 计偕：汉朝时被征召的士人皆与计吏相偕，同上京师，故称为"计偕"，后指举人入京会试。
③ 丁敬宇宾：丁宾，字敬宇，又字礼原，号改亭，隆庆五年（1571 年）考中进士。
④ 恂恂：温和恭敬的样子。
⑤ 款款：诚恳，忠实。
⑥ 中式：科举考试被录取。

❈ 译文

辛未年举人们入京会试，我嘉善的同袍共有十人，其中丁敬宇年龄最小，为人非常谦虚。

我对费锦坡说："这位兄台今年一定会及第。"

费锦坡问："你是从哪里看出来的呢？"

我回答说："只有谦虚才能获得福报。你看这十人中，有像丁敬宇这样温和诚恳，不敢先于他人的吗？有像丁敬宇这样对人恭敬顺从，小心谨慎就像害怕别人一样的吗？有像丁敬宇这样受到侮辱也不回击，听到别人诽谤自己也不辩白的吗？人能做到这种程度，即使是天地鬼神，也会庇佑他，岂有不发达的道理？"

等到放榜，丁敬宇果然考中了。

丁丑①在京，与冯开之②同处，见其虚己敛容，大变其幼年之习。李霁岩直谅③益友，时面攻其非，但见其平怀顺受，未尝有一言相报。予告之曰："福有福始，祸有祸先，此心果谦，天必相之，兄今年决第矣。"已而果然。

※ 注释

① 丁丑：此处指1577年。
② 冯开之：冯梦祯，字开之，号具区，又号真实居士，明代著名的佛教居士、诗人。
③ 直谅：正直有诚信。

❖ 译文

丁丑年我在北京时，与冯梦祯住在一处，发现他非常谦虚，神色端庄，习性与他幼年时已经完全不同了。李霁岩是他正直又诚实的益友，有时会当面指出他的过失，但他只是心平气和地接受，从来没有说一句反驳的话。我对冯梦祯说："福有福的开始，祸有祸的预兆，一个人如果发自内心地谦虚，上天必然会相助，兄台你今年一定会登第的。"后来果然如此。

一五

赵裕峰光远①，山东冠县人，童年举于乡，久不第。其父为嘉善三尹②，随之任。慕钱明吾，而执文见之。明吾悉抹其文，赵不惟不怒，且心服而速改焉。明年，遂登第。

※ 注释

① 赵裕峰光远：赵光远，字裕峰，17岁考中举人，万历十七年（1589年）考中进士。
② 三尹：官名，各级主官属下掌管文书的佐吏，属于低级的事务官，尊称为三尹。

💮 译文

　　赵裕峰，名光远，是山东冠县人，不满二十岁便考中了举人，但很长时间都没有考中进士。他父亲是嘉善的三尹，他跟随父亲上任。他很仰慕钱明吾，就拿着自己的文章去拜见。钱明吾却全部否定了他的文章，他不仅不生气，而且还心悦诚服地迅速改正了自己的错误。第二年，赵裕峰便考中了进士。

壬辰①岁,予入觐②,晤③夏建所,见其人气虚意下,谦光逼人。归而告友人曰:"凡天将发斯人也,未发其福,先发其慧。此慧一发,则浮者自实,肆者自敛。建所温良若此,天启之矣。"及开榜,果中式。

❋ 注释

① 壬辰:此处指1592年。
② 入觐:地方官员入朝觐见帝王。
③ 晤:见面。

❋ 译文

壬辰年我入京觐见皇帝时,遇到了夏建所,发现他诚心待人,整个人都散发着谦和的光芒。回来后我告诉朋友:"凡是上天想要一个人发达,在给他降下福分前,会先开启他的智慧。智慧一旦开启,浮躁的人自然会变得踏实,放肆的人自然会收敛起来。夏建所如此温和善良,上天一定已经开启了他的智慧。"等放榜的时候,夏建所果然中了进士。

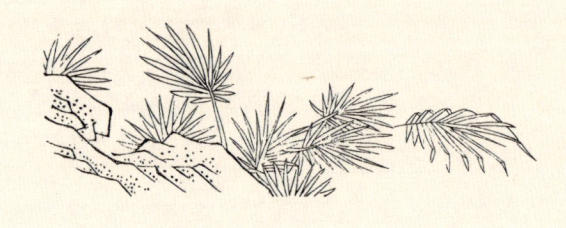

江阴张畏岩,积学①工文,有声艺林②。甲午③,南京乡试,寓一寺中,揭晓无名,大骂试官,以为眯目。时有一道者,在傍微笑,张遽移怒道者。

道者曰:"相公文必不佳。"

张益怒曰:"汝不见我文,乌知不佳?"

道者曰:"闻作文,贵心气和平,今听公骂詈,不平甚矣,文安得工?"

张不觉屈服,因就而请教焉。

道者曰:"中全要命;命不该中,文虽工,无益也。须自己做个转变。"

张曰:"既是命,如何转变?"

道者曰:"造命者天,立命者我。力行善事,广积阴德,何福不可求哉?"

张曰:"我贫士,何能为?"

道者曰:"善事阴功,皆由心造,常存此心,功德无量。且如谦虚一节,并不费钱,你如何不自反而骂试官乎?"

※ 注释

① 积学:积累学问,博学。
② 艺林:文艺界或收藏、汇集典籍图书的地方,此处指读书人。
③ 甲午:此处指1594年。

译文

　　江阴的张畏岩，非常博学且很擅长写文章，在读书人中有一定的声望。甲午年南京举办乡试时，张畏岩借住在一个寺庙里，放榜时发现自己没有考中，便大骂考官，认为考官有眼无珠。这时有一个道人在一旁微笑，张畏岩马上迁怒于道人。

　　道人说："相公，你的文章一定写得不好。"

　　张畏岩更加生气了，说："你从没读过我的文章，怎么知道我写得不好？"

　　道人说："我听说写文章最可贵的在于心平气和，今天听到你的谩骂之言，知道你心不平气不和，文章怎么可能写得好呢？"

　　张畏岩不知不觉中被说服了，于是向道人请教。

　　道人说："能否考中进士，全在于你的命运如何；如果命不该中，即使文章写得好，也没有任何帮助。你应该自己有所转变。"

　　张畏岩问："既然是命不该中，又怎么能够改变呢？"

　　道人回答："造命在于上天，立命却在我们自己。身体力行做善事，多多积累阴德，什么福泽求不到呢？"

　　张畏岩问："我只是个贫寒的读书人，能做些什么呢？"

　　道人回答："善事和阴德，都由心所生。只要心中常常有这种意识，便是功德无量了。况且像谦虚这一品质，不需要花费钱财就可拥有，你为什么不反省自己反而去骂考官呢？"

张由此折节①自持②，善日加修，德日加厚。丁酉③，梦至一高房，得试录④一册，中多缺行。问旁人，曰："此今科试录。"

问："何多缺名？"

曰："科第阴间三年一考较，须积德无咎者，方有名。如前所缺，皆系旧该中式，因新有薄行⑤而去之者也。"后指一行云："汝三年来，持身颇慎，或当补此，幸⑥自爱。"是科果中一百五名。

注释

① 折节：改变平日的志向或行为。
② 自持：自我克制。
③ 丁酉：此处指1587年。
④ 试录：明代乡试、会试的试卷由考官选定后编刻成书，称为程文，也称试录。
⑤ 薄行：品行不好。
⑥ 幸：希望。

译文

张畏岩此后便改变了自己的作风，克制自己的言行，每天都做善事，功德也日益深厚。丁酉年，他梦见自己在一座高高的房子里，看到了一本科举考试录取的名册，其中很多行是空缺的。他问旁边的人，那人回答说："这是今年科举考试考中者的名单。"

张畏岩问道："为什么缺了许多名字？"

那人回答说："阴间每三年对参加科举考试的人考察一次，平时积德行善且没有过错的人的名字才会被记录在名册上。像这本册子前面的空缺，都是本应该考中的人，但因为最近品行不好，所以被抹去了。"然后，那人指着一缺行说："你三年以来，自我克制，行事谨慎，或许可以补上这个空位，希望你继续自重自爱。"到了这一年的科举考试，张畏岩果然考中，获得了第一百零五名。

由此观之，举头三尺，决①有神明；趋吉避凶，断然由我。须使我存心制②行，毫不得罪天地鬼神，而虚心屈己，使天地鬼神，时时怜我，方有受福之基。彼气盈者，必非远器③，纵发亦无受用。稍有识见之士，必不忍自狭其量，而自拒其福也。况谦则受教有地，而取善无穷，尤修业者所必不可少者也。

❋ 注释

① 决：一定。
② 制：制约，约束。
③ 远器：有远大抱负，能成大器的人。

❖ 译文

　　由此可以看出，举头三尺，一定有神明在看着我们；追求吉利躲避灾祸，是由我们自己决定的。我们必须真心诚意地约束自己的行为，丝毫不得罪天地鬼神，谦虚待人，就能让天地鬼神时时刻刻都眷顾我们，如此才是获得福分的根基。至于那些骄傲自满的人，一定难成大器，即使发达了，也不能享受到福报。稍微有见识的人，一定都不会让自己变得气量狭小，从而损失自己本应获得的福分。谦虚的人才有机会接受他人的教诲，因而受益无穷，对于修习学业、培养品德的人来说，谦虚是一定不能缺少的品德。

古语云："有志于功名者，必得功名；有志于富贵者，必得富贵。"人之有志，如树之有根。立定此志，须念念谦虚，尘尘方便，自然感动天地，而造福由我。今之求登科第者，初未尝有真志，不过一时意兴耳，兴到则求，兴阑①则止。孟子曰："王之好乐甚，齐其庶几②乎？"予于科名亦然。

※ 注释

① 兴阑：兴致将尽。
② 庶几：差不多，几乎。

译文

古人云:"有求取功名志向的人,一定能得到功名;有求取富贵志向的人,一定能得到富贵。"人有志向,就像树木有了坚实的树根一样。一旦立下了志向,还要念念不忘保持谦虚,处处与人方便,如此自然就能感动天地,所以说造福一事,全在我们自己。当今参加科举求取功名的人,最开始未必有真正的志向,不过是一时兴起罢了,兴致来了就去求取,兴致消退了就停止。孟子说:"如果大王真的非常喜欢音乐,那齐国也就治理得差不多了。"我对考取功名这件事也持同样的看法。